Et ordone que
nulle pendent
Cour se degro
prisonnier luy de
dommages et
d'autres. Et a
prononce aux te
a esté assisté au
la Couronne
au suspendu

heisieur sols

ZENOBIE

Y.5651 REYNE
+B.

D'ARMENIE.

TRAGÉDIE.

montauban

A PARIS

Chez GVILLAVME DE LVYNE
Palais, en la Salle des Merciers, Tous
la montée de la Cour des Aydes.

Y.y6767

M. DC. LIII.
Auec Priuilege du Roy.

A
MADEMOISELLE
D'ARPAION.

ADEMOISELLE,

Ie n'ay pas assez de presomption
pour croire que ie vous fais vn present
digne de vous, en vous offrant ZE-
NOBIE Reyne d'Armenie. Ie
vous demande seulement vne pro-

ãij

EPISTRE

eeEtion que Monseigneur le Duc vostre Pere m'a fait l'honneur de me dire
que vous m'accorderiez, Il a veu
ZENOBIE sur vn superbe
Theatre, & ce qu'il n'a pas crû indi-
gne de ses yeux, il m'a asseuré qu'il ne
déplairoit pas aux vostres : C'est sur
la foy de sa parole inuiolable, que cette
Reyne ose paroistre deuant vous : Elle
a autrefois rencontré son Azile, dans
la Generosité des Romains qui l'ont
vangée de ses deux marys qui furent
ses persecuteurs, & ses tyrans : Elle
vous demande la mesme grace pour se
iustifier à la posterité de la poursuite
de sa vengeance : ZENOBIE,
sans ce secours que i'implore pour elle
passeroit pour cruelle ; quoy qu'elle ne
soit que genereuse & ce qui n'est en elle
qu'vne vertu, deuiedroit vne passion,
sa cholere qui est legitime & que les

EPISTRE.

crimes de ſes eſpoux ont fait naiſtre,
paſſeroit pour vn autre crime, & l'ardeur qu'elle a de ſe faire rendre Iuſtice,
pour vn dereglement de ſa volonté.
Enfin MADEMOISELLE
ſi vous ne luy tendez le main, on la
condamnera de trop de ſeuerité, &
on luy ſouhaittera peut-eſtre la mort
aprez celle de ſes maris : Mais vous
aurez de la bonté poûr elle, & voſtre illuſtre nom reueré de toute la terre la garentira de ce reproche : ſoubs
cet appuy elle ne craindra point de ſi-
niſtre iugement de ſon Siecle ny de la
poſterité, & ie n'ay pas de peine à me
perſuader que tout le monde aura du
reſpect pour vn ouurage que ma plu-
me vous conſacre, & qui portera vos
liurées : ſi ZENOBIE eſt gene-
reuſe, la Princeſſe ſa fille ne l'eſt pas
moins, & ie m'aſſeure que vous l'ay-

ã iij

EPISTRE.

merez encore plus que la mere : elle
combat de vertu & de generosité
auec elle ; Mais quelque grande que
soit cette vertu, elle n'est que l'ombre
de la vostre qui est aussi illustre que
vostre naissance : vous la possedez he-
reditairement comme le bien de vos
Peres : c'est dans vostre maison vne
grace infuse , & vne heureuse ne-
cesité de naistre , & de naistre vertueux : vous n'aurez besoin pour
la former , ou pour la cultiuer ny
d'experience , ny d'exemples estran-
gers : vous n'auez qu'à vous souuenir de l'histoire de vostre Maison , & pour tout dire qu'à ietter les
yeux sur celle de Monseigneur le Duc
vostre Pere , dont toute la vie est
vn issu en grandeur & genereuses
actions qui respandent des lumieres
qui esclaireront tous les siecles : souffrez

EPISTRE.

moy donc à l'ombre de cette vertu, & faites grace à ma temerité si iose prendre le tiltre qui m'est si glorieux de,

MADEMOISELLE,

Vostre tres-humble.&
tres-obeïssant seruiteur,
DE MONTAVBAN.

Extraict du Priuilege du Roy.

PAr Grace & Priuilege du Roy, donné à Paris le 22. Septembre 1653. Il eſt permis à GVILLAVME DE LVINE Marchand Libraire en noſtre bonne Ville de Paris de faire imprimer, vendre & debiter *La Zenobie*, Et telle marge & caractere que bon luy ſemblera pendant le temps & eſpace de neuf ans, à compter du iour qu'elle ſera acheuée d'imprimer : Et deffenſes ſont faites à tous Imprimeurs & Libraires & autres, de l'imprimer ſur les peines plus amplement portées audit Priuilege.

Acheué d'imprimer pour la premiere fois le premier Octobre 1653.

Les Exemplaires ont eſté fournis.

A ZENOBIE

DE MONSIEVR

DE

MONTAVBAN,

SONNET.

E deux Maris viuans
femme ingratte & fidelle
A qui l'amour s'vnit pour,
te persecuter,
Puis que tes deux Tyrans
inhumaine & cruelle,
Qui sans blesser ta gloire as peu les imiter.

Reyne trop de fureur te rendroit crimi-
nelle,
Ne reſſuſciter pas pour la reſſuſciter :
Et puis que MONTAVBAN te veut
rendre immortelle,
En la faiſant mourir, tu dois le meriter.

Ie ſçay que leur ardeur par le crime al-
lumée,
Eſt vn laſche attentat deſſus ta renommée
Mais en ceſſant de viure ils ſont dignes
d'amour.

Car ſi tu dois hayr ceux qui t'ont outragée
Comme leurs propres mains leur oſterent
le iour,
Ne dois tu pas aymer ceux qui t'en ont
vengée?

DE S. GILLES.

QVATRAIN.

Faire des Vers comme vn
Homere,
Et comme vn Ciceron regner par
le difcours :
C'eft ce que MONTAVBAN
fçait faire,
Et dont on n'a point veu d'exem-
ple de nos iours.

G. B.

ACTEVRS.

ZENOBIE Reyne d'Armenie.

PERSIDE Fille de Zenobie & de Rhadamiste.

BERENICE Fille d'honneur de Zenobie.

RHADAMISTE Roy d'Iberie.

TYRIDATE Roy des Parthes.

PHRAARTE Fils de Tyridate.

HELVIDIVS Conful & General des Romains.

CORBVLON Conful & Deputé des Romains.

LEONTIN Seigneur Armenien.
GARDES Romains & Armeniens

La Scene eſt dans le Palais Royal d'Artaxate, Capitale des Parthes.

ZENOBIE

ZENOBIE

REINE D'ARMENIE.

TRAGEDIE.

ACTE I.

SCENE PREMIERE.

ZENOBIE, BERENICE.

ZENOBIE.

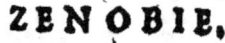

RDENTE paſſion qui regne
    ſur mon ame,
Qui contre deux Maris fais agir vne
    femme,
Arme des mal heureux, eſpoir des
    affligés,
Tiſon toûjours fumant au cœur des
    outragés.
Doux poiſon de mes ſens, agreable ſupplice,

A

ZENOBIE.

Esprit du desespoir, ma derniere iustice,
Vengeance, c'est de toy que i'attens mon secours;
Toy, que sans rencontrer ie cherchois tous les iours;
Toy, qu'icy teclamoit mon ame infortunée,
Et par les mai s de Rome enfin qui m'es donnée,
Mon cœur pour ces tyrans dignes de cet aueu
N'est plus qu'vn ciel d'orage & qu'vn throne de feu;
Qu'vn siege empoisonné de haine & de diuorce,
Qu'vn soleil sans chaleur, & qu'vn astre sans force;
Le Consul est vainqueur, ils sont entre ses mains,
Il venge ma querelle, & celle des Romains,
Et son bras genereux repare par les armes
Et l'honneur du Senat, & celuy de mes larmes;
Rome me fait leur Iuge en ce double interest,
Et déja de leur mort i'ay prononcé l'Arrest.

BERENICE.

Mais, Madame, aprestout, vous seriez inhumaine
D'en faire également l'obiet de vostre haine;
Ie veux que tous les deux soient indignes du iour;
Mais de l'vn vous auez vn cher gage d'amour;
Et la Princesse enfin de qui vous estes Mere
Doit faire moins hair Tyridate son Pere,
Et faire en sa faueur produire quelque efforte
Pour réueiller en vous vne pitié qui dort;
Rhadamiste n'a pas cette faueur presante,
Et vous n'auez de luy rien qui le represente;
Vostre haine agissant dans ces temperamens,
Doit suiuant ses degrez regler ses mouuemens.

ZENOBIE.

Tu le crois, & le Peuple a suiet de le croire,
Mais tu n'as iamais sçeu ma veritable histoire;
Et ie veux maintenant te leuer le rideau
Qui de leurs attentas t'a caché le tableau;
Aussi bien ce recit anime mon courage;
Plus ie voy mes malheurs, plus i'excite ma rage;
Et de mes deux tyrans i'aime à me souuenir,
Et pour mieux me venger, & pour mieux les punir;
Escoute donc. Le Roy dont i'ay reçeu la vie

Mitradate ſoûtint le Sceptre d'Armenie;
Le Prince Aronce, & moy, fûmes le double fruit
Que pour reuiure en nous ſa couche auoit produit :
Rhadamiſte, en ce temps, fils du Roy d'Iberie
Par le fer & le feu deſoloit ma Patrie,
Il eſtoit pour ſon Pere armé contre le mien ;
Noſtre hymen, de la Paix fut l'vnique lien ;
Mais helas ! cet hymen qui ſembloit neceſſaire
Fut le crime du Fils, fut le crime du Pere,
Et le piege fatal où par vn même ſort
Et mon Pere, & mon Frere, ont rencontré la mort :
Ce Roy d'vn iour de ioye, en fit vn d'Iniuſtice,
Et d'vn feſtin Royal vn ſanglant ſacrifice:
Tous deux par le poiſon y perdirent le iour
Sous la foy d'vn fantôſme, & de Paix, & d'amour :
Ainſi ie fus reduitte à ce point de miſere
D'auoir pour mon Epoux l'aſſaſſin de mon Pere,
A qui ce parricide auec peu d'effort
Soûmettoit l'Armenie apres mon Frere mort.
A peine y regne-il que le peuple s'annime,
Se ſouuient de ſes Roys étouffez par ſon crime ;
Et briſant ſes liens par vn commun accord
L'aſſiege en ſon Palais & demande ſa mort :
Rhadamiſte preſſé s'échappe à leur pourſuitte ;
Et ne treuua pour luy de ſalut qu'en la fuite ;
Lors, groſſe que ie t'étois, & prête d'accoucher
Ie le ſuiuois à pied, tachant de l'approcher ;
Mais le traiſtre porté d'vne ialouſe enuie,
S'imaginant ce iour le dernier de ſa vie,
De la crainte qu'il eut que les Armeniens
Me portaſſent au thrône, où regnerent les miens ;
Pour voir en même temps acheuer nôtre trame
De trois coups de poignard attenta ſur ſa femme,
Et ſon bras criminel loin d'eſtre mon ſoûtien,
Par le ſang paternel vit la route du mien.

BERENICE.

O ciel ! qui l'eut penſé ? que de crimes enſemble !
Madame, ie ſremis,

ZENOBIE.

Tu trembles, & ie tremble
Mais par c e grand recit qui fait noſtre entretien
Ie m'accouſtume au ſang pour répandre le ſien.
  Phocide, qui ſuiuoit l'Epoux qui m'aſſaſſine,
De mon corps tout bleſſé recueillit la ruine,
Et m'ayant d'vn Péſcheur procuré les ſecours
Du reſte de mon ſang fit areſter le cours.
Alors ie m'aperçeus tout proche d'Artaxate,
Le ſiege de l'Empire où regne Tyridate,
Du nôtre diuiſé par vn petit traiect
Qui ſepare en ce lieu l'vn & l'autre ſuiet:
Chez ce pauure Péſcheur, ſeule, auecque Phocide,
Au iour de ma douleur i'accouchay de Perſide,
Qu'apres tant d'accidens qui forment mes malheurs
Ie puis bien appeller la fille de mes pleurs.

BERENICE.

Tyridate ſe trompe, & n'eſt donc pas ſon Pere
Et le bruit qui courut n'eſt pas imaginaire,
Qui nous entretenoit de cet éuenement,
Mais ſans rien aſſeurer, & fort confuſémentꝫ

ZENOBIE.

Ecoute: Ce Péſcheur qui connut mon viſage,
Garda bien le ſecret, & cacha bien mon gage;
Et toûjours éleua ma Fille en ſa maiſon
Comme vn de ſes enfans, & ſans titre, & ſans nom;
On ne la connut point, mais pour ce qui me touche
Mes triſtes accidens paſſoient de bouche en bouche,
Tyridate le ſçeut, & me mande en ſa Cour;
Ie penſois, Berenice, y voir mon dernier iour,
C'eſtoit noſtre ennemy, mais ie fus étonnée
Que ce Prince adoucy me parloit d'Hymenée;
Et me perſuadoit pour de nouueaux liens
Que mon Epoux atteint par les Armeniens
Me laiſſoit par ſa mort dans le droit legitime
De faire des-ormais vn ſecond choix ſans crime;
Ie me rendis facile à croire ces diſcours;
Et de ce Roy de Parthe écoutay les amours.

Que te diray-je enfin ? ie l'epousay ce traistre,
Mais ma condition ne changea que de maistre,
Et ie ne changé point dans ce iour de malheur
De persecutions, mais de Persecuteur ;
Il crut que luy portant les droits de l'Armenie
Ce Throne incontinent suiuoit sa tyrannie ;
Mais ce peuple lassé ne voulut plus de Roys,
Et pour se gouuerner luy mesme fit ses loix :
Ce sensible reffus échauffa son courage,
Ie deuins vn obiect de reproche, & d'outrage;
Par son commandement conduitte en vne Tour
Où ie ne vis iamis n'y lumiere ny iour,
Où mon seul desespoir me presentoit des armes,
Ie ne vescu long temps que de l'eau de mes larmes;
Mais comme i'étois grosse, il eut le sentiment
De m'en faire sortir, pour mon accouchement :
D'vne fille, en ce temps, le Ciel qui me fit Mere
Fit éloigner d'icy Tyridate son Pere,
Il partit pour la guerre, & les armes en main
Contre vn Peuple allié de l'Empire Romain ;
Il fut trois ans absent, & pendant cette absence
Cette Fille mourut auec mon esperance ;
Puis qu'il ne me restoit plus rien pour opposer
A mon cruel tyran & pour me l'appaiser :
A mon propre repos cet interest sensible
Pour me le procurer me rendit tout possible.
Ma Fille me restoit encor dans mon malheur,
Bleuée & nourie au logis du Pescheur
Auecque confidance, & sans que rien éclatte
Ma ruse luy donna pour Pere Tyridate;
Elle fut supposée, & le Roy de retour
Embrassa ce mensonge auec beaucoup d'amour.
  Cette ruse, en effect si bien executée
M'empescha quelque temps d'en estre mal-traitée :
Mais le cœur d'vn méchant quoy qu'il parle de
     Paix
Retourne à sa nature, & ne change iamais ;
Ce Prince vicieux l'ouurit à tous les crimes,

Sa cruauté me mit au rang de ses victimes ;
Trois fois il m'a voulu perdre par le poison ;
Trois fois j'ay découuert sa lasche trahison :
Quelque fois sa fureur s'attachant à Perside
D'vn faux Père en vouloit faire vn vray patricide ;
Il vouloit l'immoler, & le fer à la main
Pour me faire trembler en menaçoit son sein ;
Dans le funeste estat de ces tristes iournees
Toûjours preste à mourir i'ay passé vingt années ;
　　　Tu sçais qu'à Tyridate, en ce point trop heu-
　　reux,
Est né d'vn premier lict vn Prince genereux ;
Ce Fils digne en effect d'vne source plus pure ,
Par ce Pescheur mourant instruit de l'imposture ,
Eut alors pour Perside vn autre sentiment ,
Et n'estant plus son Frere il deuint son Amant
Mais il iugea pour moy ce crime necessaire
Et malgré son amour son respect l'a sçeu taire,
Perside n'en sçait rien , & iusques à ce iour
Impute à l'amitié les termes de l'amour
　　　　　　BERENICE.
Que deuint Rhadamiste ?
　　　　　　ZENOBIE.
　　　　　　　　　Enfin Roy d'Iberie
Par la mort de son Pere , il marche en Armenie,
I'en conserue les droits , il se dit mon Epoux ,
Dans le mesme moment il depute vers Nous ;
Et par luy Tyridate est sommé de me rendre.
Tyridate au contraire , au point de se deffendre ,
Ioint à moy par l'hymen dont ie souffre les loix
Dit qu'il en a le tiltre , & qu'il est en mes droits ;
Il part au mesme temps , il y porte ses armes ;
Lors les Armeniens dans ces fortes alarmes ,
Deputent aux Romains, leur demandent secours
Contre ces deux tyrans qui menacent leurs iours ;
Ie demande comme eux vn bras pour ma vengeance ;
Ce Peuple vertueux embrasse ma deffense,
Court où l'on voit paroistre , & crime & le mal.

BERENICE.

Ie ſçay qu'Heluidius en eſt le General ?
Qu'à peine ſon armée arriue en Armenie
Q'e de vos deux Epoux la haine ſe rallie,
Et que pour la combattre ils ioignent leurs efforts ?
Que ces Roys aſſemblez paroiſſent les plus forts ;
Mais qu'enfin ce Conſul en ce iour plein de gloire ;
Apres vn grand combat remporté la victoire ;
Et pour comble d'honneur que ces Roys, en ſes
    mains
Marquent auec éclat les armes des Romains,

ZENOBIE.

Ie veux par leur trépas, & iuſte , & neceſſaire
A la poſterité conſacrer ma colere ;
Le Conſul va venir pour apprendre de moy,
De leur arreſt de mort la Iuſtice, & la Loy ;
Par l'ordre du Senat il vient chargé de gloire
Me faire triompher de ſa propre victoire.

BERENICE.

N'en eſperez pas tant ; & craignez vn peu plus ?
La Princeſſe....

ZENOBIE.

        Ie ſçay qu'elle aime Heluidius ?
Au cœur de ce Conſul elle iette vne amorce
Pour dérober ſon Pere à ma haine , par force ;
Ie ſçay pour cet effect leur ſecret entretien ,
Mais i'ay feint iuſqu'icy de n'en connoiſtre rien ?
Outre qu'Heluidius ſe faiſant ſa conqueſte
Au courroux du Senat iroit porter ſa teſte ,
Quelque brillant eſpoir qu'il voye en ſes appas
Il y va de la vie à ne m'obeir pas :
Ie ne doute donc point, quoy qu'elle me diſpute ?
Que l'ordre du Senat icy ne s'execute ;
Perfide & le Conſul , en vain veulent s'vnir ,
Par mon commandement vous la voyez venir ?
Afin que ce Romain qui fait ceſſer nos larmes
Voye en nous, & l'honneur , & l'object de ſes armes,

SCENE II.

PERSIDE, ZENOBIE, BERENICE.

ZENOBIE.

ENfin voicy ma fille, & ton iour, & le mien ;
De nos deux ennemis ne redoutons plus rien ;
Ces Tyrans ne font plus en eftat de nous nuire ;
Prenons à noftre tour plaifir à les détruire ,
Ma haine en a déja mefuré le tombeau,
Le Sacrifice eft preft , & ie tiens le coufteau ;
Ma colere eft le feu fans attendre la foudre
Qui va tout embrazer , & tout reduire en poudre ;
Ie fçay que quelque bruit s'en éleue en ton cœur,
Mais pour ton intereft chaffe cette vapeur ,
Qui fe vient oppofer au feu de ma colere,
Et fait ombre à l'amour que tu dois à ta Mere :
Tu fçais leurs trahifons , tu fçais leurs attentas ;
Voudrois tu pour me perdre empefcher leur trépas ?
Et tes fouhais pour eux feroient ils legitimes
Pour les faire remplir la terre de leurs crimes ?
Ton Pere eft l'vn des deux que ie pers auiourd'huy ;
Mais , ma Fille , apres tout ; tu me dois plus qu'à
    luy ;
Comme à luy tu me dois le iour que tu refpires ,
Mais tu dois à luy feul les maux que tu foûpires ;
Comme à luy tu me dois , & l'honneur & le rang,
Mais tu me dois l'amour qu'il n'eut pas pour fon
    fang ;
Tu me dois mes foûpirs, mes larmes & mes craintes;
Et de mon cœur pour toy les fenfibles attaintes :
Ne fais donc plus pour luy de fouhaits fuperflus ;
Tu recoyures en moy quelque chofe de plus.

PERSIDE.

Quoy que dans vôstre cœur la haine en delibere,
S'il est vôstre ennemy, Madame, il est mon Pere;
Mon amour en ce point m'oste à vostre pouuoir,
Ne vous obeir pas, c'est faire mon deuoir,
Contre vn Roy, contre vn Pere, à trauers vôstre haine
Ie ne reconnôis point de Mere, ny de Reine,
Ainsi que contre vous par cette mesme Loy
Ie ne reconnoitrois de Pere, ny de Roy.

ZENOBIE.

Quitte ces sentimens, prens ceux de ma colere;
Et quoy que l'vn des deux, ma fille soit ton Pere
Sçache pour empescher le cours de ton amour
Qu'à peine tu luy dois l'auantage du iour;
Et que la cruauté du Barbare & du Traistre
T'auoit presqne étouffée auant qu'on te vit naistre

PERSIDE.

Tyridate, Madame, auroit il attenté.

ZENOBIE.

Sans t'en plus découurir tu vois ma volonté;
C'est à toy d'obeir, c'est à toy de la suiure,
Et de remercier le bras qui nous déliure:
Le Consul va venir, change de sentimens,
Donnne luy, comme moy, tes applaudissemens;
Le voicy qui s'approche; arme toy, ma vengeance;

SCENE III.

HELVIDIVS, ZENOBIE, PERSIDE.

HELVIDIVS.

ENfin vos ennemis font en voftre puiffance,
Madame, & les Romains nous vangent par mon
bras
Et de leurs cruautez , & de leurs attentats
Ces deuxRoys vous font ioints par le même hymenée
Au gré de vos fouhaits faittes leur deftinée,
Par eux fenfiblement le Senat offenfé
Comme vous dans leur mort fe voit intereffé:
N'ont ils pas desConfuls fait abatre l'Image ?
A tous les alliez n'ont ils pas fait outrage ?
Cependant il vous fait l'arbitre de leur fort ,
Et vous donne fur eux droit de vie & de mort ,
Mais fi vous me croyez,il eft de voftre gloire
De bien vfer icy du fruit de ma Victoire ,
Et la foudre à la main qui porte le trépas
D'en étonner ces Roys , & ne les frapper pas
Rome ou voftre douler a treuué fon refuge
A crû leur pardonner en vous faifant leur Iuge.

ZENOBIE.

Ouy , Seigneur le Senat ce Souuerain des Roys
Soûmet par voftre bras deux tyrans à mes Loix,
Et pour exterminer les monftres de la terre
A Rome comme au Ciel eft le lieu du tonnere ;
C'eft là qu'on fait iuftice aux foupirs des humains ;
Là , qu'on peut accufer fans peur les Souuerains ,
Et que ces demy Dieux que rien ne peut atteindre
Se treuuent en eftat de refpondre & de craindre ;

TRAGEDIE.

Dans cet azile heureux de tous les affligez,
I'ay porté mes soûpirs, & ie les voy vengez
Ie vous croiray, Seigneur, il y va de ma gloire
De sçauoir bien vser du fruict de la Victoire ;
I'en veux rendre l'esclat à mon authorité
Sur la mort des Tyrans fonder ma seureté,
Et faire vn tel exemple, à vos peuples, aux nostres
Que la cendre des miens fera trembler les autres ;
Ie ne fais point de choix, tous deux esgalement
Sont le puissant obiect de mon ressentiment ;
Ouy, Seigneur, l'ennemy des Romains est le nôtre,
Ils veulent vne teste, & ie demande l'autre,
Par le mesme interest & par la mesme Loy
Que l'vn meure pour eux, l'autre mourra pour moy.

HELVIDIVS.

Possedez comme nous la vertu toute pure,
Perdez le souuenir du crime, & de l'iniure,
Et puisque le Senat pardonne à vos Epoux
Que l'vn viue pour luy comme l'autre pour vous,

PERSIDE.

N'exercez pas contre eux toute vostre puissance ;
Et de Rome, Madame, apprenez la clemence,
Dont les sages leçons vous peuuent enseigner
Et l'Art de pardonner, & celuy de regner

ZENOBIE.

Vostre deuoir, ma Fille, est dans l'obeissance,
Et mon commandement vous impose silence.

Rome est iuste, Seigneur, & contre mes Epoux
Ses armes en vos mains soûtiennent mon courroux ;
Par elles le Senat fait iustice à mes plaintes
Et du sang des Tyrans leur gloire est d'estre teintes
Perdez-en à mes yeux nos communs ennemis,
Pour receuoir mes loix Rome vous a commis
N'examinez donc rien, & suiuez ma colere,
Vous sçauez mon arrest que rien ne le differe ;
De ce plaisir si doux à mon ressentiment
I'attendray le succes en mon appartement

Fin du premier Acte.

ACTE II.

SCENE PREMIERE.

ZENOBIE , PHRAARTE

ZENOBIE.

OVR empeſcher d'agir ma puiſſance abſ
ſolüe,
En vain vous m'en parléz, la choſe eſt reſ
ſolüe ;
Et l'amour de Perſide , & tout vôtre ſecours
Ne ſçauroient d'vn moment faire durer ſes iours

PHRAARTE.

Quoy! vous perdrez mon Pere , & la reconnoiſſance
N'aura ſur vôtre eſprit, ny force, ny puiſſance ;
Car enfin i'ay bien ſçeu que vous auiez oſé
Donner au Roy mon Pere vn enfant ſuppoſé :
Quand ce Péſcheur mourut il verſa dans mon ame
Ce ſecret important dont il ſçauoit la trame ;
Vous le ſçauez, Madame, & que depuis ce iour
Pour Perſide en ſécret mon cœur brûle d'amour ;
Ouy, quoy que cet amour fit mon impatience
Iuſqu'Icy du ſecret i'ay gardé le ſilence
Et cachant vôtre crime ainſi que mon deſſein
La glace eſt ſur ma bouche, & le ſeu dans mon
ſein ;

Perſide

Perfide ne sçait point qu'elle est son auanture,
Et quoy qu'vn bruit confus, quoy qu'vn leger mur-
    mure,
Que de quelque indiscret le rapport a produit
En aie dit quelque chose, il ne l'a pas instruit:
Mais aujourd'huy mon ame est encor plus timide,
Ie craignois tout d'vn Pere, & crains tout de Perside,
I'ayme, malgré mon feu r'enfermé sous ma voix
Et l'erreur de son sang, & celle de son choix.
I'ayme à voir aujourd'huy que son dessein éclatte,
Qu'elle ayme Heluidius pour sauuer Tyridate,
Et que de son party le faisant le soustien,
Elle prenne toûjours mon Pere pour le sien;
Car enfin si pour plaire à l'amour qui me touche
Pour mon propre interest j'osois ouurir la bouche,
Que puis-ie r'emporter de ce cher entretien
Que l'éclaircissement de son Pere, & du mien?
De cette verité jugez la consequence;
Ie vois mon Pere mort si ie romps mon silence;
D'autre-part ce secret demeurant en mon sein
Ie la vois qui s'engage à ce Consul Romain,
Et dois à son amour qu'elle croit necessaire
Dans son aueuglement le salut de mon Pere;
A quelle extremité me treuuay-ie reduit?
Dans le camp des Romains i'ay trauaillé sans fruit,
I'ay voulu pour mon Pere exciter des tempestes,
Armer pour son salut, & des bras, & des testes;
Pour voir vôstre interest par eux abandonné
I'ay flatté, i'ay prié, i'ay promis, i'ay donné;
Mais rien n'a reüssi; ce Corps inebranlable
A pour Rome vne foy Romaine, inuiolable;
Maintenant, malgré moy, ie renonce à mes droits,
I'approuue de Perside & l'amour, & le choix,
Ie me joins au Consul, mais mon cœur qui soûpire
Vous dit par ce soupir qu'vn Pere le déchire;
Donnez quelque remede à ces extremitez,
Madame, mon amour implore vos bontez,
Laissez viure deux Rois, qu'vôstre haine cesse,

Et me donnez enfin la mort, ou la Princeſſe?
ZENOBIE.
Que ne ſuis-ie en eſtat de pouuoir accorder
Ce qu'auec tant d'ardeur ie vous vois demander?
Ouy, Prince, vous ſçauez que dans vôtre famille
I'ay trompé Tyridate & ſuppoſé ma Fille,
Et par quelle raiſon i'ay porté dans ſa Cour
Ce gage precieux de mon premier amour ;
Le vôtre eſt vn effet de cette connoiſſance
Dont le feu s'entretient depuis ſous le ſilence ;
Ie vous ay treuué ſeul ſenſible , & ie vous doy
Que vôtre cœur a craint, & pour vous, & pour moy;
Pour de ſi grands bienfaits dont ie ſçay le merite
Sans obſtacle aujourd'huy la Princeſſe m'acquitte;
Ie luy donne la loy d'aimer ou de haïr,
Laiſſez-moy commander , elle ſçait obeïr;
Ie veux par vôtre hymen en dépit de l'enuie
Qu'elle joigne le Parthe auecque l'Armenie;
Mais pour ce grand bon-heur par vous ſi ſouhaitté
Laiſſez agir ma haine en pleine liberté,
Souffrez que ma fureur paſſe en vôtre famille
Puiſque ie vous promets , & mon Thrône , & ma
    Fille,
Et voulant deſormais releuer de vos loix
Que ie commande içy pour la derniere fois:
PHRAARTE,
Ah ! Madame , épargnez vn diſcours qui m'ourrage;
Ie ſçay ce que le ſang demande à mon courage ;
Pour deſarmer mon cœur, & ſouffrir ſon trépas
Et le thrône, & Perſide ont de foibles appas:
Ie quitte mon amour, ie ſçauray m'en déprendre,
Et de tout ce grand feu i'en feray de la cendre ;
Ieveux, ie veux pouſſer mon deuoir iuſqu'au bout;
Perſide ne m'eſt rien , & mon Pere m'eſt tout.
ZENOBIE.
Et bien, vous n'aurez donc ny Perſide ny Pere;
Vôtre conſentement ne m'eſt pas neceſſaire;
Mais j'apperçois ma Fille,

PHRAARTE.
O Ciel ! voy mon tourment.
ZENOBIE.
Elle se rend icy par mon commandement.

SCENE II.

PERSIDE, ZENOBIE, PHRAARTE.

ZENOBIE.

QVoy ! pour vous opposer à ma juste vengeance
Heluidius , & vous , estes d'intelligence?
Vous vous faites le prix de ce Consul Romain
S'il me veut arracher les armes de la main?
Ainsi contre les droits du sang, de la nature,
Perside, vous osez me faire cette injure ?
Mais qui pensez vous estre? & dépend-il de vous
De faire par vos mains le choix de vôtre Espoux ?
Le Consul sçait-il bien qu'à suiure vôtre enuie
Et ne m'obeïr pas il y va de la vie?
Et qu'il n'est pas en luy quand Rome l'a voulu
De changer d'vn seul point vn ordre resolu?
Rome a mis en ma main le destin de ses traistres
Ie veux me deliurer de ces superbes maistres;
C'est à vous , c'est à luy de receuoir mes loix,
De souffrir ma colere ou d'attendre mon choix;

PERSIDE.

Si i'ay blessé vos droits, i'ay dans cette auanture
Pour me iustifier la voix de la nature;
Ie vous vois condamner vos Espoux à mourir,
Mon Pere est l'vn des deux, ie le dois secourir;
De tout ce que ie puis mon cœur se fait des armes,
Ie me sers de mes pleurs, ie me sers de mes charmes;

B ij

Pour aimer le Conful ie n'ay point combattu,
Et de ma paſſion i en ay fait ma vertu ;
C'eſt la puiſſante main qui dans ce grand orage
Retire en ce moment mon Pere du naufrage ;
C'eſt l'vnique ſecours que ie deis à mon Roy,
C'eſt le iuſte retour qu'vn Pere attend de moy,
De mon nom de mon ſang, c'eſt l'appuy neceſſaire
Et l'amour de la Fille eſt la rançon du Pere :
Mon frere n'a il pas les meſmes ſentimens ?

PHRAARTE.

La Reyne, de mon cœur connoit les mouuemens,
De tout ce que ie penſe elle vient d'eſtre inſtruitte,
I'approuue vôtre choix, & vois vôtre conduitte,
Mais voicy le Conful.

SCENE III.

HELVIDIVS, ZENOBIE, PHRAARTE, PERSIDE.

HELVIDIVS.

Prince, ie viens ſçauois
Si la Princeſſe, & vous auez quelque pouuoir
Et ſi vos vœux communs perſuadent la Reine?

PHRAARTE.

Nous l'eſperons, Seigneur.

ZENOBIE.

Leur eſperance eſt vaine,
L' priere pour eux aigrit mon ſouuenir,
E le mes deux Tyrans ie le veux deuenir :
Ie veux par tout, Seigneur, déplacer leurs images,
Renuerſer cette idole, & purgeant mes hommages,

De ces Dieux qui se sont adorer des humains,
Ne dôner ny d'Autels, ny d'encens qu'aux Romains;
Ouy, i'espere leur mort, c'est ce qui me console,
Rome me l'a promise, acquittez sa parole.

HELVIDIVS.

Madame, encor vn coup voyez tout à loisir,
Et vous faites du moins la grace de choisir :
Que si laissant à part la fierté Consulaire
Ie puis m'interesser, & faire vne priere,
Pour sauuer Tyridate, à ce Prince, à sa sœur;
Ie voudrois r'appeller l'amour en vostre cœur :
Perside, auec raison l'espere d'vne Mere,
Et le Prince, & sa sœur vous demandent vn Pere.

ZENOBIE.

Seigneur, à dite vray, ce discours me surprend,
Vous ne paroissez pas si fort indifferent,
Pourquoy dissimuler ? quelque interest vous touche,
Qui vous presse le cœur, & vous ouure la bouche,
Et Perside, Seigneur . . . . .

HELVIDIVS.

Puisque vous le sçauez,
Ouy, ie l'ayme, Madame, & si vous l'approuuez,
Si ie puis l'esperer, ie veux que l'on me nomme
Le plus heureux Consul qui soit sorty de Rome,
Tous les droits souuerains me quittent en vn iour,
Ils sont entre les mains de Perside, & d'amour,
Et beaucoup plus d'honneur me vient de ma blessûre
Que du iour que sur moy répand la Dictature.

ZENOBIE.

Donc, Perside vous aime, & braue mon pouuoir ?

HELVIDIVS.

Elle ne fera rien qui blesse son deuoir.

ZENOBIE.

Quel est de cette amour le prix & le salaire ?
Que luy promettez-vous ?

PERSIDE.

Il me promet mon Pere,
Ie vous l'ay dit, Madame, & vous le dis encor.

B. iiij.

Et mon amour enfin me garde ce thresor!

PHRAARTE.

Plût au Ciel que vôtre ame à ce point disposée
Sans l'amour de ma sœur rendit la chose aisée;
Peut estre le Consul a ce respect pour vous,
Qu'il sera sans amour s'il vous voit sans courroux,

ZENOBIE.

Prince, ie vous entends, & ie plains vôtre peine,
Ie vous aime, mais i'aime encore plus ma haine;
Ouy, ie me veux venger, & ce n'est que de moy,
Que le Consul & vous devez prendre la loy.

PHRAARTE.

Ie vous entends, Madame, & vois vostre colere
I'ayme beaucoup ma Sœur, mais i'aime mieux mon
Pere,
Ouy, ie le veux sauuer, & ce n'est que de nous
Que le Consul prendra des armes contre vous.

HELVIDIVS.

Calmez vôtre courroux. appaisez vôtre haine,
Et de vos passions soyez la souueraine,
Vous changerez peut estre en voyant ces deux Rois;
Et vous ne laisserez rien faire à nôtre choix;
Ie viens de commander qu'icy l'on les ameine,
Les voicy.

ZENOBIE.

Vous pouuiez m'épargner cette peine;

SCENE IV.

ZENOBIE, RHADAMISTE, TYRIDATE, PERSIDE, PHRAARTE, HELVIDIVS.

ZENOBIE.

Qve voulez-vous de moy?

RHADAMISTE.

Si tu me vois Icy
J'obeïs au Consul qui le commande ainsi ;
Ouy femme sans honneur ta presence me tuë,
I'en voulois épargner la douleur à ma veuë,
Puis qu'enfin ie ne vois, pour aigrir mon courroux,
Que ton crime viuant dans ce Roy ton Espoux :
I'estois mort, il est vray, i'ay tort de m'en deffendre,
Ton cœur fut mon tombeau, ie n'y suis plus que
    cendre,
Ie n'y suis qu'vn objet, & de haine, & d'oubly,
Et dans ton souuenir j'estois enseuely :
Ce Roy n'en est pas mieux qui se voit en ma place,
Il a part en ta couche, & part en sa disgrace ;
Ton lit est vn present funeste, empoisonné
Qui fait perir tous ceux à qui tu l'as donné :
Tu souhaittes ma mort, contente ton enuie,
Elle me plaira plus qu'vne honteuse vie ;
Ton cœur par cét hymen qui me blesse si fort
Triomphe du viuant, qu'il triomphe du mort,
Mais souuiens toy toûjours, que tant que ie respire
Rien ne peut t'affranchir du joug de mon Empire,
Ie suis ton Souuerain.

E iiij

ZENOBIE.

Ie le puis bien ſçauoir,
Et le ſoûpire encor du ſouuerain pouuoir ;
Ouy ton pouuoir encor eſt marqué par tes crimes,
Et mon Pere, & mon Frere ont eſté tes victimes,
Dans le ſein de la ioye, au milieu du feſtin,
Cruel, par le poiſon tu fus leur aſſaſſin :
La foy de nôtre hymen n'eut point de priuilege,
Et ce dépoſt ſacré treuua ſon ſacrilege :
L'Echanſon qui fut pris, ſaûué par ton moyen,
Ne découurit-il pas, & ſon crime, & le tien.

RHADAMISTE.

Ie ne luy donnay pas les ordtes de le faire,
Mais ie ne pleuray point le trépas de ton Pere,
Il vouloit attenter ſur moy, ſur mes Eſtas,

ZENOBIE.

Cherche vn autre pretexte à tes aſſaſſinas ;
Et ne ſçait-on pas bien quoy que tu puiſſes dire
Que c'eſt l'ardante ſoif d'vſurper ſon Empire ?
Et qu'en vn meſme iour tu te vis ſans effroy
De crime, en crime, & Gendre & Patricide, & Roy ?
Mais la couronne eſt mienne, & malgré ton atteinte
Ie vais faite regner le ſang dont tu l'as teinte,
Puis qu'enfin pour punir ton tyrannique effort
Si ſouuerainement ie prononce ta mort,
Que c'eſt moy qui commande, & qu'icy ton ſupplice
Va marquer mon pouuoir autant que ma juſtice ;
Mais Tyran, qu'en courroux le Ciel me fait ſouffrir,
Crois tu me voir encor, toy qui m'as fait mourir?
De trois coups de poignard tu vis finir ma trame,
Et tu n'entends parler que l'ombre de ta Femme,
Qui de ſon froid tombeau ne vient d'ouurir le ſein,
Que pour te reprocher l'outrage de ta main.

RHADAMISTE.

Ce coup ne marque point vn pouuoir tyrannique,
Impute à mon amour vn effect ſi tragique ;
Me voyant preſque atteint par les Armeniens,
Les maiſtres abſolus de mes iours & des tiens,

La vertu m'inspira la genereuse enuie
Pour sauuer ton honneur de t'arracher la vie:
Ce sentiment est noble, & digne d'vn grand cœur,
C'est ainsi qu'vn vaincu peut vaincre son vainqueur,
Et tu devrois toûjours garder en ta memoire
Que ce iour de ta mort fut celuy de ta gloire,
Que mon amour parut dans vn crime si beau
Que tu me dois vn temple & non pas vn tombeau,
Et qu'à chaque moment malgré tes impostures
Ton œil voit ton triomphe en voyant tes blessûres:
Mais i'ay sçeu que depuis ce bien-heureux malheur
Le Ciel te fit guerir par la main d'vn Pescheur,
Et que dans sa maison vne Fille estoit née
Le seul fruit couronné qu'ait eu nôtre Hymenée:
Si proche de la mort , avant mon dernier iour
Fais moy voir cét object, par haine, ou par amour.

ZENOBIE.

Quoy ! ta Fille ?

RHADAMISTE,
Vit-elle encore?

ZENOBIE.

Que t'importe?
Peut-estre qu'elle vit, peut-estre qu'elle est morte;
Pour comble de ta peine , incertain de son sort
Ou doute de sa vie, ou doute de sa mort.

PHRAARTE.

Helas !

ZENOBIE à Tyridate.
Silence , Prince, au soupir qui t'échappe,
Et toy, coupable Roy, que le mesme coup frappe;
Pourquoy dans mes malheurs me persuadois tu
La mort de mon Espoux pour soüiller ma vertu?
Cause de mon peché , pourquoy par cette feinte
A l'honneur de mon lit vins tu donner atteinte?
N'auois-ie pas assez d'vn tyran rigoureux?
Pourquoy par cét hymen m'en as tu donné deux:

TYRIDATE.
Rends grace à mon amour qui t'a si bien traittée;

Et reçeu dans ses bras vne Persecutee :
Par la loy de la guerre, il m'eût esté permis
J'agir d'vne autre sorte auec mes ennemis ;
Mais loin de son conseil qui m'a semblé sarouche,
Je t'ay fait partager, & mon thrône, & ma couche
Cependant tu te plains de mes seductions,
Tu m'imputes l'erreur de tes affections :
Sans ce mensonge heureux dont le crime t'étonne
Tu serois fugitiue, & Reyne sans couronne ;
Sans ce second hymen dont tu plains l'attentat
Tu serois en ma Cour prisonniere d'Estat.

ZENOBIE.

Quoy ! ces augustes noms & de femme & de Reyne
Ont-ils pû jusqu'icy faire cesser ma peine ?
Jointe à toy par l'hymen n'ay-je pas éprouué
Tout ce que ta rigueur pour me perdre a trouué ?
Interroge les murs de cette Tour obscure
Qui fut six mois entiers ma viue sepulture,
Ils parleront encor de mes grandes douleurs,
Et tu les treuueras humides de mes pleurs.

TYRIDATE.

J'estois bien informé de ta funeste enuie,
Je sçeus que tu voulois attanter à ma vie,
Et que la nuit ta haine allumant le flambeau
Tu deuois de mon lit en faire mon tombeau ;
Plût au Ciel que ta mort eut reparé ce crime,
Je ne me verrois pas aujourd'huy ta victime.

ZENOBIE.

Tyran, ton cœur démant ce que ta bouche dit ;
Le reffus de mon thrône a causé ton dépit ;
Quâd malgré mô hymen qui t'en portoit les marques,
Le peuple te chassa lassé de ses Monarques,
De là vint ta fureur, de là vint ma prison,
De là tes attentats, le fer & le poison.

TYRIDATE.

Je fis ta liberté,

ZENOBIE.

Ta rigueur fut moins seure

Quand mon accouchement fut proche de son terme,
Alors malgré ta haine, vn cher gage d'amour
Le fruit de nôtre hymen, Perside vint au iour.

TYRIDATE.

Puisque contre mes iours ta fureur est mortelle,
Vien prononcer ma mort ; ie vois reuiure en elle ?

ZENOBIE.

Tu vas reuiure en elle ! estoit ce t'on dessein
Quand tu leuois le bras armé contre son sein ?
Quand ce siege d'amour trembloit sous ta colere ?
Quand tu faisois fremir & la Fille & la Mere !
Tu vas reuiure en elle ! & t'imagine-tu
Que ton crime s'accorde auecques sa vertu ?
Tu serois trop heureux, suspends tes esperances,
Et tout ce que tu vois n'est pas ce que tu penses.

TYRIDATE.

Sont ils de ton party ?

PHRAARTE.

Seigneur, que dites vous ?
Connoissez vôtre sang, & pensez mieux de nous.

PERSIDE.

Pour conseruer vos iours il n'est rien que ie n'ose,
Et contre son courroux que mon amour n'oppose.

ZENOBIE.

Seigneur, n'affligez plus ny mon cœur ny mes yeux,
Qu'on les remene au camp, qu'ils sortent de ces lieux.

RHADAMISTE.

Mourons, si par ton choix on m'oblige de viure.

TYRIDATE,

C'est là mon sentiment.

ZENOBIE.

Et bien, ie le vais suiure,
Seigneur, encor vn coup faites les retirer.

HELVIDIVS,

Qu'on remene ces Roys.   *Ils sortent.*

ZENOBIE.

Cessez de differer,
C'est à vous maintenant d'accomplir ma vengeance

ZENOBIE

Vous fçauez ce que Rome a mis en ma puiſſance,
Et que quand vne fois le Senat a parlé
Son ordre impunément n'eſt iamais violé,
Ie veux la mort des deux, faites qu'on m'obeïſſe,

PHRAARTE.

Ah! Madame, écoutez.

ZENOBIE. *ſortant.*

Qu'on hâte leur ſuplice.

PHRAARTE.

Suiuons, allons Princeſſ?, embraſſer ſes genoux,

PERSIDE.

Seigneur!

HELVIDIVS.

Ne craiguez rien, ie feray tout pour vous!

Fin du ſecond Aſte.

ACTE

ACTE III.

SCENE PREMIERE.

ZENOBIE, BERENICE.

BERENICE.

ET que pouuez-vous faire apres ces grands,
efforts ?
Perside., & le Consul sont icy les plus
forts,
J'ay peine à conceuoir le secours qui nous reste.

ZENOBIE.

Ce iour à mes Tyrans peut-estre encor funeste,
Et malgré ce Romain qui fait mal son deuoir
Rome encor vne fois me rendra mon pouuoir :
Quand, General d'armée il vint pour ma deffense
Me faire icy sçauoir son ordre, & ma puissance ;
Il vit aupres de moy, Perside, & ses appas,
Et son cœur ne fut pas armé comme son bras ;
Perside, qui craignoit le succez de ses armes
Tendit à sa valeur ce piege par ses charmes ;
De leurs desseins depuis le commerce secret
M'en a fait dés ce temps apprehender l'effect,
Et craignant que ce feu s'allumant dauantage
Apres tant de trauaux renuersa mon ouurage,
A Rome encor, vn coup expres i'ay deputé,

C

I'ay fait voir du Conful le peu de fermeté,
Et i'attens Corbulon, dont l'ame inacceffible
A l'intereft de Rome eft feulement fenfible,
Dont le cœur genereux ne peut iamais trahir
Qui ne fçait point aimer, & fçait bien obeïr :
De ce braue Romain i'efpere ma vengeance,
On m'en a fait certaine, & ie fçay qu'il auance :
Pour rompre leurs deffeins en attendant ce iour
Ma haine va s'armer du nom de mon amour,
Ie m'en vay les flatter d'vne fauffe clemence,
Et d'vn calme trompeur faire voir l'apparence ;
I'en veux parler au Prince, il fe doit rendre icy,
Expres ie l'ay mandé.

BERENICE.

Madame, le voicy.

SCENE II.

PHRAARTE , ZENOBIE,

ZENOBIE.

IE ne refifte plus, Prince, & vôtre priere
A fur mes fentimens vne puiffance entiere :
Ie me fouuiens toûjours que tous mes déplaifirs
Qui me coûtoient des pleurs, vous coûtoient des fou-
    pirs,
Et comme ces deux Roys par le mefme hymenée
Se treuuent engagez en mefme deftinée,
Ie veux qu'également ils partagent le fruit
Que la pitié pour eux dans mon cœur a produit :
Ie ne demande plus leur mort, ny ma vengeance,
C'eft affez d'en auoir témoigné la puiffance,
Que Rome s'intereffe, & que par fon fecours

Ie me voye aujourd'huy maiſtreſſe de leurs iours :
Ie veux quand mon courroux ne treuue plus d'ob-
    ſtacle
Dompter ma propre haine, & faire ce miracle :
Ouy vous auez tant fait que mon cœur s'y reſout,
Et c'eſt vôtre priere à qui ie donne tout.

PHRAARTE.

Cette faueur n'eſt pas du rang des ordinaires,
Et les paroles ſont pour les graces vulgaires :
Mais puiſque de leurs iours vous prononcez l'arreſt,
Comment decidez vous leur commun intereſt ?

ZENOBIE.

Le thrône d'Armenie eſt mon propre heritage,
Rhadamiſte y doit ſeoir par l'hymen qui m'engage,
Ie viuray ſous ſes loix, & ie luy rends ma foy,
La Princeſſe eſt le fruit de ce Prince & de moy ;
Ie quitte ce ſejour, mon deuoir me l'ordonne,
Et laiſſe à Tyridate à remplir ſa couronne.

PHRAARTE.

Ainſi donc vous rendez par vne iuſte loy,
La femme à ſon Eſpoux, & le thrône à ſon Roy !
Mais de ce grand bon-heur ce que i'en conſidere,
Eſt qu'en rendant par vous la Princeſſe à ſon Pere,
La crainte qui glaça ma voix iuſqu'à ce iour
Ne m'empeſchera plus d'expliquer mon amour,
Et que la bouche au cœur peut preſter des paroles,
Puiſque voſtre bonté rend mes craintes friuoles.

ZENOBIE.

Ouy, Prince, cét hymen qui va vous faire Roy,
Eſt-ce qui peut rejoindre, & Tyridate, & moy ;
Perfide ſeule en eſt le lien neceſſaire,
A ces conditions ie ſauue vôtre Pere :
Comme elle ne ſçait rien du ſort de mes Eſpoux ;
Ie veux qu'elle n'en ſoit inſtruite que par vous,
Afin que vôtre amour ainſi que ſur des aiſles
Se porte dans ſon cœur ſur ces bonnes nouuelles :
Vous ne manquerez pas dans ces commencemens,
Afin que vôtre amour ait de bons fondémens,

De la bien éclaircir du point de sa naissance ;
Déjà par quelque bruit elle en a connoissance :
Vous luy reuelerez ce secret important ;
Ie vay vous l'enuoyer, & dans le mesme instant ;
Afin qu'auec honneur toute chose se face,
Auertir le Consul de tout ce qui se passe.

PHRAARTE.

Ie l'attendray, Madame, ah ! sensible bon-heur
A quel rauissement éleues-tu mon cœur ?
Enfin ie vois le port où tend mon esperance,
Ie ne couuriray plus mon amour du silence,
Mon feu voit pour agir l'empeschement ouuert
Il va percer sa cendre & luire à decouuert ;
Cét éclaircissement n'a plus rien que ie craigne,
Mon Pere desormais n'a rien qui me contraigne ;
O Ciel ! qu'auec plaisir mon cœur s'en entretient !
Que de bon-heur pour moy ! mais la Princesse vient.

SCENE III.

PERSIDE, PHRAARTE.

PERSIDE.

MOn Frere quels secrets me deuez vous apprendre ?
Mon cœur impatient brûle de les entendre.

PHRAARTE.

Enfin, c'est à ce coup que nous sommes en Paix,
Et que l'euenement répond à nos souhaits,
Et pour vous dire tout, aprenez que la Reyne
N'a plus pour ses Epoux de courroux ny de haine ;
Ces deux Roys aujourd'huy doiuent à sa bonté
Le rétablissement de leur authorité ;

Nous ne demandons rien deformais pour vn Pere,
Et le Conful pour nous n'a plus de choix à faire.
PERSIDE.
Ah ! mon Frere, est il rien d'égal à ce bon-heur ?
De quel excez de joie accablez vous mon cœur ?
O moment bien heureux, où i'apprens que la Reyne
Allume de l'amour fur des cendres de hayne !
Nous luy deuons beaucoup , puifque ce mefme amour
Nous rend, comme à mon Pere, & le thrône, & le iour
Mais ie luy dois encor autant que la lumiere
D'vn cœur qu'elle affranchit la liberté premiere ;
Car l'inclination que l'ame doit auoir
Ne fit pas mon amour, ce fut mon feul deuoir :
Pour vn Pere , il n'eft rien que ce deuoir ne braue ;
I'aimois Heluidius , i'euffe efté fon efclaue,
I'euffe fuiuy fon char , & perdu par amors
L'honneur de ma naiffance, & le thrône, & le iours
Ie me fis cét effort, & dans cette contrainte
Toutes mes paffions releuoient de ma crainte,
Mon Frere, en cét Eftat, ie vous laiffe à iuger
Auecques quel plaifir ie me vay dégager.
PHRAARTE.
I'approuue ce deffein, & ie vous en conule ;
Princeffe, c'eft vn point important à ma vie,
Par force comme vous ie me fouffrois ce mal,
Et iamais le Conful ne fût que mon riual,
PERSIDE.
Ton Riual ?
PHRAARTE.
    Ce difcours a droit de vous furprendre ;
Mais c'eft vn des fecrets que ie dois vous aprendre ;
Tyridate n'eft point la fource de ce fang
Qui rend illuftre en vous , & le nom, & le rang,
Il n'eft point voftre Pere.
PERSIDE.
        Et qui donc ?
                C' iij.

PHRAARTE.

Rhadamiste;

En cette verité tout mon bon-heur consiste;

PERSIDE.

Ce discours me surprend & surpasse ma foy :

Quoy, Prince! me donner pour Pere vn autre Rey?

Est ce haine, est-ce amour, que venez vous m'a-
    prendre?

Est-ce qu'vn bruit confus m'auoit pû faire entendre?

Dans vôtre esprit credule a-il fait quelque fruit?

PHRAARTE.

Ouy ma bouche aujourd'huy vous confirme ce bruit;

C'est vne verité dont ie vous fais certaine;

Ie sçay vôtre naissance aussi bien que la Reine;

Ie sçay que vos beaux yeux, ces deux sources d'a-
    mour

Chez vn pauure Pescheur ont salüé le iour :

Ce pescheur en mourant m'a fait depositaire

De ces autres secrets que depuis i'ay sçeu taire :

Ce silence incommode a bien couuert des feux,

Et vous a dérobé mes encens & mes vœux;

Mais il fut necessaire, & i'en souffris la peine,

Puis qu'il faloit cacher le crime de la Reyne,

Qui voyant que ma sœur estoit dans le tombeau

Osa vous supposer encor dans le berceau :

L'absence de mon Pere où l'appelloit la gloire,

Donna lieu de tout faire; & de tout faire croire;

Peut-estre ce Pescheur à quelque autre l'a dit,

Et c'est de là que vient ce bruit qu'on entendit;

Cét entretien du Peuple, & ce leger murmure

Qui fort confusément conte cette auanture;

Ie là vous la sçauez; mais apres tout, ce bruit

Des raisons de ce crime amplement vous instruit;

Apprenez donc de moy quelle est vôtre naissance;

Princesse, dans mon cœur ie porte ma creance,

Si i'aimois vne sœur, & d'horreur, & d'effroy

Ne se seroit il pas esleué contre moy?

Toute la voix du sang qu'vn tel crime inquiete

Pour deffendre ses droits seroit-elle muette?
Non, Princesse, ce sang n'est point interessé,
Puis qu'il ne se plaint pas, c'est qu'il n'est point
 blessé :
Combien de fois ma bouche en peine de se taire
Faisoit parler l'Amant en la place du Frere !
Trop heureux, si Perside eut esté sans erreur,
Si la Maistresse eût dit ce que disoit la sœur,
Si cette erreur n'eût fait vos responses friuoles,
Et si l'amour enfin eût formé vos paroles.

PERSIDE.

De vôtre procedé ie ne sçay que penser,
Et mon cœur en murmure, & s'en veut offenser,

PHRAARTE.

C'est ce cœur qui combat & souffre violence,
Il reçoit Rhadamiste auecque resistance,
Tyridate l'empesche, & tient encor le rang
Que luy donna toûjours l'erreur de vôtre sang,
Tous deux font vn party qui trouble la nature,
Princesse, c'est le moins que ce cœur en murmure,

PERSIDE.

Ouy, Prince, puis qu'enfin i'ay pû vous écouter,
La Reyne ne veut plus que i'en puisse douter,
Ie le veux auoüer, encor que ce langage
Perte l'émotion du cœur sur le visage :
De mes iours les plus beaux voicy le plus beau iour,
Sur les pas d'amitié i'appelleray l'amour,
Ie ne vois rien en vous qui ne charme mon ame,
Rien que plus noblement puisse embrasser ma â-
 me,
L'abitude que i'ay de vous aimer en sœur
Desormais en nature a passé dans mon cœur :
Ie vous ayme donc, Prince, & i'y suis engagée,
Et c'est la mesme amour de son erreur purgée,
Qui ne change pour vous de siege ny d'objet,
Mais qui n'est plus aueugle, & voit ce qu'elle fait :
Seulement ie luy donne vn autre caractere,
Et ie dis, mon Amant, sans plus dire mon Frere.

PHRAARTE.

Princeſſe, que de ioye ! & qui peut l'exprimer
Ne ſçait aſſurement ce que c'eſt que d'aimer.

PERSIDE.

Mais il nous faut encor l'aueu de vôtre Pere.

PHRAARTE.

A ces conditions le ſauue vôtre Mere,
Et comme elle s'en doit ſeparer aujourd'huy,
L'hymen qui nous ioindra la doit rejoindre à luy.
Mais voicy le Conſul.

PERSIDE.

Son eſperance eſt vaine.

SCENE IV.

HELVIDIVS, PERSIDE, PARAARTE.

HELVIDIVS.

NE redoutez plus rien du couroux de la Reyne,
l'abandonne ſes droits, & c'eſt en ce moment
Que ie vous obeïs, Princeſſe, aueuglement.
Vous me le commandez, mon amour me l'ordonne,
Et quoy que l'ordre ſeul que le Senat me donne,
Soit d'écouter la Reine, & de ſuiure ſes loix,
Quand ie deurois perir ie ſuiuray voſtre chöix.
Que le Senat ſe fache, & pour me mettre en poudre
Qu'il arme contre moy ſes Aigles & ſa foudre,
Que cét Acte par luy ſoit traitté d'attentat,
De deſobeïſſance, & de crime d'Eſtat,
Que ſa ſeuerité m'immole à ſa colere,
Ie mourray trop heureux quand i'auray pû vous
plaiſe;

Toute l'authorité de Rome est en vos mains,
Commandez en ma place aux armes des Romains,
Dittes, pour qui des deux vous voulez qu'ils vous
    seruent,
Dittes, qui des deux Roys vous voulez qu'ils con-
    seruent,
Et dedans mon armée ainsi qu'en vostre Estat,
Soyez & le Consul, & Rome, & le Senat.

PERSIDE.

Ie vous suis obligée, & pour cette assistance
Ie ne puis témoigner trop de reconnoissance;
Quand pour mon interest vous n'aurez apporté
Que le seul mouuement de vôtre volonté,
Quand tous vos bons desirs auroient esté steriles?
Ie sçay ce que ie dois à vos offres ciuiles,
Et ne mesure pas pour mes ressentimens.
Les obligations par les euenemens;
L'offre du cœur n'est pas vne grace commune;
Le reste desormais dépend de la fortune,
Dont la mobilité ne s'arreste iamais,
Et qui le plus souuent vient tromper nos souhais;
Graces au Ciel, Seigneur, ie ne suis plus en peine
D'opposer vos efforts au courroux de la Reyne;
Son cœur facilement a trouué le retour
Pour les Roys ses Espoux, de la haine à l'amour;
Sa bonté garantit, & l'autre & l'autre teste,
Le calme maintenant est où fut la tempeste,
L'amour rentre en son cœur d'où l'on le vit chassé;
Nous n'auons plus de crainte, & l'orage est passé.

HELVIDIVS.

Ie ne sçay rien encor des ordres de la Reyne,
Ie ne suis pas fasché qu'elle n'ayt plus de haine,
Et qu'a ses deux Espoux sa pitié de retour
Et conserue le throne, & redonne le iour:
Ie voudrois seulement qu'vn d'eux me dût la vie,
Princesse, & qu'en ce point ie vous eusse seruie,
Qu'vn Pere, de vos vœux si long temps attendu
Eut esté par mes mains à vostre amour rendu;

De cét euenement la gloire m'eſtoit deuë
Et toute ma douleur eſt de l'auoir perduë;
Ie voudrois que la Reyne encor l'euſt condamné,
Qu'elle euſt de haine encor le cœur empoiſonné,
Pour dérober ce Pere à ſa fureur extréme
Et vous prouuer, Princeſſe, à quel point ie vous
    aime.
Mais ce que i'ay d'eſpoir le venez vous rauir?
Ay ie part en vn cœur que ie n'ay pû ſeruir?
I'ay tort, & vſtre amour fondé ſur d'autres cau-
    ſes
Ne dépend point du ſort qui dereigle les choſes,
Et les euenemens que forme le hazard
De vos affections ne font aucune part.

PERSIDE.

Vous le ſçauez, Seigueur, mon amour eut ſa cauſe,
Le peril de mon Pere a fait tout ce que i'oſe,
Sans cela mon deuoir n'eut iamais entrepris
De promettre ce cœur, & le mettre à ce prix,
Et ſi ie vous l'offris en cette conionćture
C'eſt vn preſent forcé que faiſoit la nature:
Rendez le moy, Seigneur, il n'eſt plus vôtre bien
Par la loy du depoſt vous n'y pretendez rien;
Si i'en ay fait le prix du ſalut de mon Pere,
Par cét euenement ie le dois à ma Mere.

HELVIDIVS.

Le Prince vôtre Frere a-il ce ſentiment?

PHRAARTE.

La Princeſſe, Seigneur, doit agir librement;
La paſſion dont lors ſon ame fut attainte,
N'eſt ce pas la plus juſte, & la plus forte crainte?
Pour aueugler ſon cœur eſt il rien plus puiſſant?
Pour faire tout promettre eſt-il rien plus preſſant?
Que pût elle engager en ce deſordre extréme?
Eut-elle de cét eſtat quelque choſe à ſoy meſme?
Et ſon cœur en ſon Pere, & viuant, & confus,
Ne promit elle pas ce qu'elle n'auoit plus?
Outre que vôtre bras n'a point ſauué ſon Pere,

HELVIDIVS.

Et qui donc l'a sauué si ie ne l'ay pû faire?
La Reyne a bien connu quel estoit mon pouuoir,
Que ie pouuois tout faire armé de mon espoir,
Que les armes en main i'irois forcer sa haine,
Que ie déroberois vôtre Pere à sa peine;
Voyant de ses desseins l'impossibilité,
Elle se fait vertu d'vne necessité,
Et d'vn pardon forcé comme d'vne victoire;
S'en impute la grace, & s'en donne la gloire:
C'est à moy, cependant, que vôtre Pere est dû,
C'est moy qui le couronne & qui vous l'ay rendu,
C'est mon puissant secours, que craignoit vôtre Me-
   re,
Et de ce grand seruice on m'ôte le salaire?
Vous reprenez vn cœur que vous m'auez donné,
Princesse, & vous voulez vn Espoux couronné?
Mais sachez qu'vn Consul en rejette les marques,
Qu'il regarde à ses pieds les superbes monarques,
Qu'il est le souuerain; & dispense à son choix,
Pour releuer de luy, les Thrônes & les Roys:
Le nom de Roy n'a rien que le Senat reuere;
Il les donne souuent au iour de sa colere,
Et quand il veut punir les Peuples mutinez
Se sert, pour se vanger, de sujets couronnez,
Voila quel est le point de la grandeur Romaine;
Elle est entre mes mains l'objet de vôtre haïne;
Et quand vous n'auez plus de Pere à soûtenir
Vous n'auez plus aussi de parole à tenir.
Cependant c'est vn feu que vous auez fait naistre?
Princesse, pensez-y, ie suis encor le maistre;
Et deux Roys prisonniers laissent entre mes mains
Dequoy vanger encor vn Consul des Romains. *il sort.*

PERSIDE.

Helas! c'est à ce coup que nous reprend l'orage,
Nous pensions estre au port & voicy le naufrage,
Le Consul irrité renuerse nôtre espoir.

PHRAARTE.

Il n'oseroit passer la loy de son pouuoir,
N'en apprehendons rien qui face nôsre peines
Mais allons de ce pas rendre grace à la Reyne.

Fin du troisiéme Acte.

ACTE

ACTE IV.

SCENE PREMIERE.

ZENOBIE, PERSIDE, PHRAARTE.

PERSIDE.

OVy ; Madame, i'apprends ces secrets im:
portans
Qu'vn silence forcé m'a caché si longtemps,
Que l'vn de vos Espoux, Rhadamiste est
mon Pere,
Et que ce Prince enfin ne fut iamais mon Frere:
Mais comme ces secrets cachez à vos Espoux
Ne font qu'en vôtre sein, & connus que de vous,
Quoy que ie donne au Prince vne entiere croyance,
I'en attends toutes fois, vôtre reconnoissance,

ZENOBIE

Ne me demande point cét éclaircissement,
Perside, comme toy i'ay de l'aueuglement,
Moy mesme ie ne sçay ce que i'en deurois croire,
Et mes mal'heurs passez ont troublé ma memoire,

PHRAARTE.

'Ah ! Madame, cessez, & vôtre majesté
Ne doit pas faire vn ieu de cette verité,

D

PERSIDE.

Madame, si le Roy, Tyridate est mon Pere,
Ie suis ce que i'estois , & ce Prince est mon Frere,
Mais aussi s'il n'en a que le nom seulement,
Rhadamiste est mon Pere, & voicy mon amant ;
Vous sçauez ce secret , dittes-le moy, Madame,
Et ne me souffrez pas vn crime de ma flâme.

ZENOBIE.

Quelque doute, aujourd'huy que puisse estre le tien,
Ton Oracle est muet, & ne te répond rien;
Ouy, ce Prince pour qui ton amour delibere,
Peut-estre ne t'est rien , & peut-estre est ton Frere ;
Si ces amour est crime , ou vertu dans ton sein,
Si tu dois arrester, ou pousser ton dessein,
Si tu dois te nommer sa sœur ou sa Maistresse,
Pour demesler ce neud ie connois ma foiblesse :
Que ton amour est vague & tes feux incertains !
Et quoy ! n'aymes-tu plus le Consul des Romains ,
Ne te promet-il plus de conseruer ton Pere ?

PERSIDE.

Et quoy ! n'ayez-vous pas perdu vôtre colere?
N'auez-vous pas banny cette haine du cœur ?
Et vous, Amant, ou Frere, estes-vous imposteur?

PHRAARTE.

L'espoir de leur salut est ce vn espoir friuole ?
Et serez vous sans foy, Madame , & sans parole?

ZENOBIE.

Credule, à mes discours ton esprit s'est rendu !
Et tu te vois tomber dans le piege tendu !
Enfin malgré vos soins ie seray Soueraine,
Et iamais vôtre amour n'arrestera ma haine ;
I'ay pour moy le Consul, & vous n'auez en luy
Qu'vn Amant irrité qui n'est plus vôtre appuy.

PHRAARTE.

Où sommes nous, Madame, & pourquoy ce silence?
Est-ce ainsi que du mien ie vois la recompense?
Si le Roy Tyridate eût sçeu vôtre attentat ;
N'auriez-vous pas seruy d'exemple à son Estat ?

Et ce sang dont le feu forme vôtre colere,
N'auroit-il pas moüillé le thrône de mon Pere?
Cependant pour payer ce seruice rendu,
Vous me tendez vn piege où mon Pere est perdu.
Retournons au Consul, & reprenons nos   *à Per-*
      armes,   *sidé.*
Il a le mesme cœur, & vous les mesmes charmes,
Et contre son party par vn second effort
Rendez par vôtre amour le nôtre le plus fort ;
C'est l'vnique moyen de sauuer nôtre Pere.

           PERSIDE.

Montrez moy quel il est, & ie le pourray faire.

           PHRAARTE.

C'est ma sœur . . . . .

           PERSIDE.

           Acheuez.

           PHRAARTE.

           C'est Tyridate.

           PERSIDE.

                    Helas!
Ne m'auez vous pas dit que ce Roy ne l'est pas?
A vos premiers discours ce dernier est contraire,
Seriez vous mon amant s'il estoit nôtre Pere?

           PHRAARTE.

Mon amour fut vn crime, & mon sang peruerty
Vous donnoit vn faux Pere, & ie vous ay menty;
Pour espouser ma sœur ie fis cette imposture,
Et tâchois de donner ce voile à la nature:
La Reyne, à qui mon cœur coupable, & peu discret,
Parmy d'autres discours s'ouurit de ce secret,
Feignit d'estre aussi-tost de mon intelligence,
Et promit d'appuyer cette fausse croyance;
Mais elle eût ses desseins, & ce doute forcé
Est l'effet mal'heureux de ce qu'elle a pensé.

           PERSIDE.

Me dit il vray, Madame, & puis-ie enfin le croire?

           ZENOBIE.

Ie vous l'ay déja dit, ie n'ay point de memoire,

                D ij

PHRAARTE.

Ma sœur c'est Tyridate, & vous n'auez douté
Que par le triste effet d'vn crime concerté ;
Mon amour auoit mis ce poison dans ma flâme,
Ce trouble en ma famille, & ce doute en vostre ame ;
Mais voicy le Consul , tentez vôtre pouuoir,
C'est ce que nous auons de secours & d'espois.

SCENE II.

HELVIDIVS , ZENOBIE, PERSIDE, PHRAARTE.

HELVIDIVS,

Madame, s'il est vray que vôtre courroux cesse,
Comme me l'ont appris le Prince & la Prin-
cesse,
Pour en estre éclaircy ie viens sçauoir de vous
Ce que vous ordonnez de ces Roys vos Espoux ;
Prest de vous obeïr , & vous faire connoistre
Que n'ayant plus d'amour le Senat est mon maistre ;
Vous cherchez vn Romain, & vous l'auez treuué ;
Corbulon pour le moins verra tout acheué ;
Ie sçay que ce Consul vient à vôtre priere
Pour faire icy ma charge, & moy ie la veux faire ;

ZENOBIE.

Faites la donc, Seigneur, & perdez ces deux Rois ;

HELVIDIVS.

Ie vais sans differer obeïr à vos loix.

PERSIDE.

Ah ? Seigneur, arrestez, & vaincu par mes larmes ;
A cette cruauté ne prestez point des armes ;
Ie sçay que contre nous vous estes irrité ;

Ie reconnois ma faute & ma temerité,
D'vne Mere en courroux il me faloit tout craindre,
Le feu dont ie brûlois ne deuoit point s'éteindre;
Mais fi ce mefme feu vous pouuoit enflâmer,
Sa cendre fume encor, ie le puis rallumer.
La Reyne auoit furpris mon ame trop credule;
Ie fçauray penetrer fon cœur qui diffimule,
Et quand elle pourroit appaifer fon courroux
Ie ne tiendray iamais mon Pere que de vous :
N'obeïffez donc point aux ordres de la Reyne,
Dérobez nôtre Pere à l'arreft de fa peine ;
Nous vous en conjurons, Seigneur, ce Prince & moy;
Par ce doux nom de Pere, & par celuy de Roy,
Par ce fang genereux qui coule dans nos veines,
Par ce facré refpeé que l'on doit à nos peines,
Par tout ce qui de moy vous fut aimable & doux;
Allons, mon Frere, allons embraffons fes genoux.

PHRAARTE. *à genoux.*

Soyez touché, Seigneur, de pitié, de tendreffe.

HELVIDIVS. *les releuant.*

Prince, que faites vous? que faites vous Princeffe?
Vous triomphez d'vn cœur que ie venois d'armer
De tout l'orgueil Romain pour ne iamais aimer;
La Reyne eftoit au point d'obtenir fa vengeance,
Mais mon amour deuient le frein de fa puiffance :
Mon intereft, Madame, arrefte vos deffeins,   *à Zeno-*
                                                  bie.
Mon prix eft à mes yeux, ie le veux en mes mains,
Ie le veux meriter, & luy rendre fon Pere,
Et de vôtre courroux affoiblir la matiere.

ZENOBIE.

Seigneur, que de foibleffe en vn Conful Romain !
Pourquoy deuenez vous fujet du Souuerain ?
Perfide, de l'hymen vous donne l'efperance ;
Mais outre qu'il vous faut craindre fon inconftance,
Lors que de quelque efpoir elle vous entretient,
Peut elle fe promettre, elle qui m'appartient ?
Et qui fans mon aueu, qui feul eft legitime,

ZENOBIE

Jamais de son amour ne peut faire qu'vn crime?
Sans mon consentement qu'a-t'elle de pouuoir?
Ne l'écoutez donc point, faites vôtre deuoir;
Etouffez cét amour qui ternit vôtre gloire,
Dessus vos passions gagnez cette victoire,
Contez ce premier iour de vôtre Consulat;
Et soyez digne enfin de Rome, & du Senat.

HELVIDIVS.

Madame, ie ne puis écouter vos prieres;
Ie viens de r'allumer mes feux à ses lumieres;
Et quoy que puissent dire, & Rome, & le Senat
Ie veux par mon amour marquer mon Consulat;
Ouy, Princesse, aujourd'huy vous estes Souueraine;
Mais ie veux que de vous vôtre Pere l'apprenne,
Qu'il sçache qu'en vos mains i'ay mis son interest,
Et que vous prononciez vous mesme son arrest.
Qu'on amene ces Rois,

ZENOBIE.

                    Ah Seigneur ! quelle honte,
Que la foiblesse mesme aujourd'huy vous surmonte !
Qu'vne Fille triomphe ! & d'vn cœur enchaîné
Face suiure son char d'vn Consul couronné !
De la gloire du nom mauuais depositaire,
Quand Rome le sçaura redoutez sa colere.

HELVIDIVS.

Ie ne redoute rien en l'estat où ie suis,
Et les armes en main ie sçay ce que ie puis.

SCENE III.

RHADAMISTE , TYRIDATE, ZENOBIE , PERSIDE, HELVIDIVS, PHRAARTE, GARDES.

RHADAMISTE.

SEigneur , c'eſt mal vſer du pouuoir qu'on vou\
    donne,
Et bleſſer vn peu trop l'honneur de là couronne,
Que de nous appeller, loin de nous écouter
Pour plaîre à vôtre haine & pour nous inſulter,
Pour voir deux ſouuerains pleurer vôtre victoire,
Pour faire dans leur honte éclatter vôtre gloire,
Pour fouler à vos pieds la Majeſté des Roys
Qui ſont indépendans de vous & de vos loix,
Et pour nous voir au gré des caprices d'vn homme,
Les diuertiſſemens d'vne Femme & de Rome,

HELVIDIVS.
Ne le preſumez pas , & ie ſuis plus humain.

TYRIDATE.
Vous mal traittez les Roys & vous eſtes Romain,
A quel que grands effets que vôtre haine aſpire
Nous ne ſçaurions , ny voir , ny ſouffrir rien de pire,
Nous mourrons ſans paſlir, nôtre cœur eſt trop haut,
Mais cachez cette femme , & montrez l'echaffaut,
Allons au lieu fatal d'où tombent les couronnes,
Mais de plus d'vn ſupplice eſpargnez nos perſonnes,
Et quoy ! releuons nous de ſi ſeueres loix,

Qu'il nous faille , Seigneur , mourir plus d'vne fois?

ZENOBIE.

Ne craignez rien de moy , le Conful par enuie
M'oste le droit sur vous , & de mort , & de vie,

HELVIDIVS.

Princeffe , commandez , exercez en ce iour
La fouueraineté que vous fait mon amour;
Ordonnez , prononcez , & fauuez vôtre Pere.

PERSIDE.

A ce coup me reprend mon doute , & ma mifere;
Le trouble eft dans mon cœur , ie crains en cét eftat
Que mon amour trompé face vn affaffinat;
I'ay peur en choififfant de faire vn parricide ,
Ie fuis en cette nuit fans lumiere , & fans guide,
A qui ie dois le port ie puis eftre l'écueil,
A qui ie dois le iour ie puis faire vn cercueil
Et plus i'y penfe , & plus ie trouble ma memoire

PHRAARTE.

Tyridate eft ton Pere.

PERSIDE.

Helas ! te puis-ie croire,
Toy qui pour me ietter dans cét aueuglement,
Tantoft te dis mon Frere , & tantoft mon Amant?

TYRIDATE.

Ne voy tu pas en moy celuy qui t'a fait naiftre
Ma Fille ? & qui me fait aujourd'huy méconnoiftre?
Ce n'eft pas que par là ie veüille rien de toy,
Mais ie mourray du moins , & ton Pere, & ton Roy,

RHADAMISTE.

Peut eftre eft ce de moy qu'elle a receu la vie,
D'elle chez vn Pefcheur accoucha Zenobie;
Ce fecret important fans doute m'eft ouuert,
Et déjà quelque bruit me l'auoit découuert;
Cette Fille , aprés tout , Madame , eft-ce la nôtre?

ZENOBIE.

Vous n'en ferez jamais inftruits ny l'vn ny l'autre,
Iamais rien de certain ne vous en fera foy;
Peut-eftre , elle eft à toy ; peut-eftre , elle eft à toy

RHADAMISTE.

Vien nous en asseurer, inhumaine, cruelle.

ZENOBIE.

Dequoy vous plaignez vous ? estes vous dignes
    d'elle?
Et toy, de qui le bras me vint assassiner,   *à Rha-*
                                                      damiste.
Si tu ne la vois point peux tu t'en étonner?
De trois coups de poignard dont tu fis ma blesseure
Peut estre dans mes flancs elle eut sa sepulture,
Et par cét inhumain & tyrannique effort
Dans sa source de vie elle a trouué la mort,
Mais peut estre est ce à toy que ie l'ay   *à Tyri-*
    supposée   *date.*
Qu'elle passe pour tienne à ton ame abuzée,
Et que pour m'appaiser mon Tyran par ce don
Elle a pris de ta Fille, & le rang, & le nom,

TYRIDATE.

Madame . . . :

ZENOBIE.

            Par ce doute où vous sette ma haine,
Commencez mes Tyrans, commencez vôtre peine,
En attendant le iour que le Ciel en courroux
L'acheue par sa foudre, & me vange de vous:
Au reffus du Consul c'est le bras que i'espere,

HELVIDIVS,

Qu'ay ie entendu ? bons Dieux!

PERSIDE,

            Qui de vous est mon Pere?
Me l'enseignerez-vous, Mere, Prince, & vous Rois?
Me viendrez vous tirer de la peine du choix ?
M'en éclaircirez vous, Seigneur, amour, nature?
Voix du cœur, voix du sang estes vous sans mur-
    mure ?
Si pour sortir d'erreur ie ne voy point de iour,
Prince, c'est ce qu'a fait l'aueu de vôtre amour:
Si ma credulité renouuelle ma peine
Madame, c'est le coup qu'a frappé vôtre haine,

Vous me perdez tous deux , & mon cœur en cour-
        roux
Se plaint également , & de vous , & de nous.
                HELVIDIVS.
Ma Princesse , …
                        PERSIDE.
                        Seigneur , accordez ma priere;
Donnez moy ces deux Roys , l'vn des deux est mon
        Pere,
Quoy que toûjours en doute ainsi qu'auparauant,
Ie diray pour le moins que mon Pere est viuant.
                ZENOB.E
Ie l'empesche, Seigneur, & vôtre ordre est contraire;
                HELVIDIVS.
Ce que vous demandez ie ne le sçaurois faire,
Princesse , si la Reyne en quittant son courroux
De ce p. ins important n'est d'accord auec vous;
Mais si toûjours contr'eux sa colere s'anime,
A ses ressentimens il faut vne victime.
                RHADAMISTE.
Dispensez vous , Seigneur , de la peine du choix;
Vne Femme le veut , faites mourir deux Roys,
Puis que Rome y consent , que son pouuoir éclate;
Mesme ardeur de mourir échauffe Tyridate;
Ou si vous ne voulez vous en faire raison
Venez armer nos mains de fer ou de poison;
Nous ouurirons , Seigneur , le passage à nôtre ame
Pour ne point releuer de Rome & d'vne femme.
                TYRIDATE..
Ouy , i'y consens , Seigneur.
                PHRAARTE , à Tyridate.
                            Perdez ce sentiment;
                TYRIDATE.
C'est à toy de m'aider à mourir noblement,
                HELVIDIVS.
Faittes ce choix tandis que vous le pouuez faire,
Princesse , i'ay grand peur de quelque ordre con-
        traire

Qui venant du Senat auroit plus de rigueur,
Et me lieroit peut estre & le bras & le cœur:
Ie sçay qu'a cét effet la Reyne sollicite.

PERSIDE.

Et bien , puisqu'il le faut , c'est ce que ie medite
Mon education, Seigneur,que ie vous dois,   *à Ty-*
ridate.

Cette longue habitude à viure sous vos loix ,
Cét air de vôtre Cour que ie respire encore,
De la Reyne auec vous le saint neud que i'honore,
Enseignent à mon cœur qui voit ses deux Espoux,
De ne point demander de salut que pour vous.

PHRAARTE.

Quelle ioye!

PERSIDE.

     Attends , Prince , & garde le silence
Mais d'autre part ce bruit qui court de ma naissance
Ces secrets découuers par ce Prince à   *à Rhada-*
     mon cœur,   *miste.*
Ce qu'en a dit ma Mere , & l'aueu du Pescheur,
Vôtre suitte , Seigneur, l'attentat sur la Reyne,
Ce pescheur rencontré qui soulagea sa peine,
L'heureux accouchement qu'elle fit en ces lieux
Où le iour fut d'abord salüé de mes yeux,
Cét hymen de la Reyne auecque Tyridate,
Ma supposition dont la raison éclatte,
De la nuict où ie suis me leuent le bandeau,
Et pour trouuer mon sang me seruent de flambeaux
Ainsi ie ne mets plus mon esprit en balance,
Et mon amour , Seigneur , vous doit la preference

PHRAARTE.

Que faites vous , ma sœur?

PERSIDE.

     Ne sois point irrité
Si mon cœur balancé tombé de ce costé,
C'est la necessité qui l'emporte , & le presse,
Ie ne sçay-quoy de moy pour ce Roy s'interesse,
La nature à ce cœur parle vn peu sourdement,

Et i'attendray la fin de ce commencement;

ZENOBIE.

Quoy! condamner à mort Tyridate ton Pere;
Tu l'as pû prononcer! sa fille l'a pû faire!

PERSIDE.

Helas! ie tremble encor.

HELVIDIVS.

Vôtre choix est il fait?

PERSIDE.

Ah! Seigneur, attendez, n'en pressez point l'effet;
Ne deliberons plus mon Pere est Rhadamiste,
C'est le choix que i'ay fait, Seigneur, & i'y persiste.

TYRIDATE.

Ie ne suis plus ton Pere? as tu perdu le sens?

RHADAMISTE à Tyridate.

Que ie meure, viuez, Seigneur, ie le consens;
Mais du moins qu'au tombeau ie remporte la gloire
D'auoir icy treuué ma Fille & de le croire.

ZENOBIE.

Quoy! Perside, ainsi donc tu me feras la loy,
Et ie le souffriray du Consul & de toy?
Non, non, il faut enfin que mon pouuoir éclatte
Soyez pour Rhadamiste, & moy pour Tyridate.

PHRAARTE.

Ah Madame! appuyez ce projet genereux,

ZENOBIE.

Il me plaist par ce choix de conseruer l'vn d'eux,
Non pas que i'aime l'vn, non pas que i'aime l'autre
Mais pour me garentir de son chois & du vôtre.
Et puis qu'il faut choisir, pour rompre vos desseins
Ie choisiray du moins mon Tyran par mes mains.

PERSIDE.

Seigneur, c'est en vous seul que mon amour espere,
Vous me l'auez promis, conseruez moy mon Pere.

LEONTIN

Madame, Corbulon arriue en vostre Cour.

ZENOBIE.

Ah! Perside, voicy la mort de ton amour.

Mes

Mes Tyrans, vous mourrez, & ie vous le prononce;
Au gré de mes souhais Rome me fait répon e ;
Et toy, lâche Romain, à qui dans ce moment
Ma bouche peut donner ce tiltre impunément,
Quelque effect où l'amour porte ton entreprise
Tu n'as rien esleué que Rome ne destruise.

HELVIDIVS.

Er bien, Madame, & bien, nous verrons son pouuoir,

ZENOBIÉ.

Perfide, auecque moy venez le receuoir.

PHRAARTE.

Ie vay voir ce Romain, Seigneurs, pour vous dé-
fendre.

HELVIDIVS.

Et nous, allons au camp, c'est là qu'il faut l'attendre.

Fin du quatriéme Acte.

E

ACTE V.

SCENE PREMIERE.

CORBVLON, ZENOBIE, PERSIDE, PHRAARTE, SVITTE.

CORBVLON.

Sseurez-vous, Madame, & ne redoutez rien,
Ie sçay quelle est ma charge, & ie la seray
bien :
Vous me voyez icy pour essuyer vos larmes,
Et Rome m'a commis son pouuoir, & ses armes.

ZENOBIE.

Ie rends graces au Ciel, Seigneur, que les Rómains
Ont mis mon interest en de meilleures mains,
Et qu'en vous aujourd'huy ma douleur treuue vn
homme
Digne de la grandeur du Senat & de Rome,
Certes, ils ne font pas toûjours de si bons choix,
Et Rome, & le Senat se trompent quelque fois,
Témoin Heluidius, qu'vne Fille surmonte,
Et qui du nom Romain est la tache, & la honte :
Au lieu de me venger qu'a-il fait en ma Cour
Et que soüiller sa gloire, & que faire l'amour?
Que proteger le crime, & s'en rendre complice?
Et par sa passion aueugler sa iustice?
Ie vous l'ay dit, Seigneur, il borne mon pouuoir,
Et me donne la loy qu'il deuroit receuoir,

TRAGEDIE.

Il tourne contre moy ses forces, & ses armes,
Et redoublant icy mes douleurs, & mes larmes,
Au mépris des Romains qui m'en furent garants
Loin d'estre mon secours c'est vn de mes Tyrans.

PERSIDE.

Ouy, Seigneur, par amour i'ay vaincu ce grand hôme
Et pour mon interest, & pour celuy de Rome,
Qui rougiroit vn iour d'auoir presté son bras,
Pour commettre en ces lieux ces deux assassinats :
Mais à vous qui venez pour appuyer la Reyne
Pour luy rendre vn secours que j'ostois à sa haine,
A vous, ô Corbulon, armé contre ces Rois
De toute la rigueur de vos seueres loix,
Pour fléchir vôtre cœur qu'est ce que ie puis dire?
L'insensibilité regne dans vôtre Empire,
Et l'amour qui de l'homme adoucit le courroux,
Qui par tout est vn Dieu, n'est qu'vn monstre chez
      vous,
Et bien, Seigneur, & bien, s'il vous faut des victimes
Ne changez seulement que d'object à vos crimes,
Ouy, Madame, si rien ne vous peut appaiser
Vôtre cœur est instruit en l'art de supposer,
Mettez moy dans sa place, armez vôtre colere,
Tout mon sang est l'image où vous verrez mon Pere,
Répandez-le, Madame, effacez son tableau,
Ma gloire treuuera son temple en mon tombeau,
Ce conseil vous importe, & vous le deuez suiure,
C'est le faire mourir, & c'est me faire viure.

CORBVLON.

J'admire ce grand cœur, & suis rauy de voir
Que rien n'altere en vous l'honneur & le deuoir.

PHRAARTE.

Mon Pere croit en vous treuuer quelque refuge,
La Reyne est sa partie, & vous estes son juge,
Mais dequoy se plaint elle? est-ce d'auoir en luy
Au fort de ces mal'heurs rencontré son appuy,
Lors que de Rhadamiste accompagnant la suitte
En vn si triste estat elle se vit reduitte,
Que quiconque l'entend, d'vn esprit tout confus

                    E ij

Croit que son ombre parle, & qu'elle ne vit plus?
Qu'a fait le Roy mon Pere en voyant cét orage,
Que de remettre au port vn vaisseau de naufrage?
Que de la recueillir? l'appeller en sa Court?
Et que de la pitié de passer à l'amour?
Que si pour l'épouser en cette conjonéture
De Rhadamiste mort il luy fit l'imposture,
Et si c'est là, Seigneur, le crime qui le pert;
Il faut examiner à qui ce crime sert;
N'est ce pas à la Reyne? & sans cét heureux crime
Qui pouuoit l'empescher d'estre nôtre viétime?
Et de voir acheuer par vn bras ennemy
Ce crime qu'vn Espoux n'auoit fait qu'à demy?
Madame, ces bien-faits deuroient pour vôtre gloi-
            re
De vos derniers mal'heurs effacer la memoire,
Dissiper cette haine, & calmer ce courroux;
Ie ne conte pour rien ce que i'ay fait pour vous,
Quoy que vous me deuiez quelque réconnoissance
D'auoir sçeu vôtre crime, & gardé le silence:
Mais pour mon Pere enfin si ie n'auance rien
Prenez mon sang, Seigneur, & conseruez le sien.

ZENOBIE.
Seigneur ie veux leur mort, faites qu'on m'obeïsse,
N'écoutez point ce Prince & me rendez iustice,

CORBVLON.
Ie la rendray, Madame, & ne differe plus,
Voyez pour cét effect venir Heluidius.

ZENOBIE.
Quelle joye à mon cœur!

PERSIDE.
                    Ah! quel triste spectacle,
Enfin, Madame, enfin, vous n'auez plus d'obstacle;

PHRAARTE.
Seigneur,...

CORBVLON.
            Silence, Prince.

SCENE II.

HELVIDIVS, CORBVLON.
ZENOBIE, PERSIDE,
PHRAARTE, SVITTE.

CORBVLON.

ET bien, Heluidius,
Ie suis le Souuerain, vous ne commandez plus ;
Si i'ay pris toutesfois le serment de l'armée
Que vôtre ame, Seigneur, n'en soit point alarmée ;
Vn amant comme vous sans se vouloir trahir
Ne sçait point commander, il ne sçait qu'obeïr;
L'amour vous a vaincu de mesme que les autres,
Vous estes son sujet, vous n'estes plus des nôtres,
Perside, & ses appas ont triomphé de vous ;
Qui pourroit resister à des attraits si doux?
Vôtre fortune est grande, & le Senat m'enuoye,
Pour vous faire sçauoir la grandeur de sa ioye ;
Personne mieux que vous n'en a pû meriter,
Et ie viens tout exprés vous en feliciter.

HELVIDIVS.

Parlez, parlez, Seigneur, & ce discours m'offense,

CORBVLON.

Celuy-cy vous plaira, sans doute, en recompense,
Honte de nôtre choix, peu genereux Romain,
Ainsi donc vôtre cœur desarme vôtre main ?
Et cette grandeur d'ame à l'amour accessible
Cesse par ses appas de vous rendre inuincible?
Que pourroit le Senat depuis ce triste iour
Se promettre d'vn bras enchaîné par l'amour?
D'vne ame basse en qui la seruitude éclatte ?
Et d'vn Consul qui fait la Cour à Tyridate?
La molesse du cœur qu'vn lâche amour produit

E iij

A perdu des Heros qui nous auroient détruit ;
C'est l'ombre des vertus, c'est l'obstacle à la gloire,
C'est ce qui dans son cours arreste la victoire,
C'est la peste des cœurs, le poison des regards,
C'est la honte d'Antoine, & l'écueil des Cesars ;
Mais toûjours le Senat est vn Astre sans tache,
Iamais interessé, iamais foible, ny lâche,
Qui par vn noble orgueil releue de ces loix
Qui luy font mépriser les Femmes & les Rois;
Et la seuerité que la vertu fait naistre
L'a fait de l'Vniuers, & l'arbitre, & le maistre :
Sans le consentement de ce mesme Senat;
Qu'est ce que vôtre amour? vn crime, vn attentat,
Et pouuez vous iamais sans son ordre suprême
A seruir vôtre cœur, disposer de vous mesme?
Vous releuez de luy iusqu'à la liberté,
Vous estes à luy Pere, Enfans, Posterité,
Du choix de vôtre femme il a le priuilege,
Et sans luy vôtre hymen passe pour sacrilege ;
Quittez donc vôtre amour, & vous ressouuenez
Que Rome vous vit naistre, & que vous en venez.

HELVIDIVS.

Ie m'en souuiens, Seigneur, mais quoy qu'il en puis-
    se estre
Ie ne dépendray point de ce superbe maistre ;
Quel droit a le Senat de se faire obeïr
En me donnant la loy d'aimer ou de hair?
Quoy ! prétend-il encor regner sur mes pensées?
Et voir d'vn libre cœur les passions forcées?
Croyez vous me treuuer à ce point resolu
Par ces mots souuerains que Rome l'a voulu?
Pouuez-vous l'esperer, & ne suis-ie plus libre ?
Nomme-t'on les Romains les Esclaues du Tybre?
Le Senat a-t'il seul toute l'authorité ?
Et n'auons nous sans luy, ny voix ny liberté?
Quoy ! i'attendray, Seigneur, de sa fierté Romaine,
Qu'il daigne m'inspirer ou l'amour, ou la haine?
Qu'il me face vn destin funeste ou glorieux ?
Et dépendray de luy comme ie fais des Dieux ?

Ne l'esperez iamais, & ie renonce a Rome,
Si pour estre Romain il faut cesser d'estre homme,
Et s'il faut deuenir pour son propre mal'heur
Ennemy de soy mesme, & Tyran de son cœur ?
Depuis que la Princesse a fait que ie souspire
En ay-ie moins suiuy les ordres de l'Empire ?
Contre ses ennemis n'ay-ie pas combattu ?
Perside a elle fait obstacle à ma vertu ?
Iugez, iugez, Seigneur; puis qu'icy pour ma gloire
Son Pere prisonnier pleure de ma victoire,
Si les chaines du cœur ont passé iusqu'au bras,
Et si l'Aigle Romain en a volé plus bas.
Quãd les Dieux pour aimer furent ce que nous sõmes
Cessoient-ils d'être Dieux sous la forme des hommes ?
En ont ils moins chez vous de temples, & d'autels ?
Pour paroistre mortels sont ils moins immortels ?
Et l'amour qui du Ciel les fit descendre en terre
Leur a-t'il fait quitter le soin de leur tonnerre ?
Ne m'imputez donc rien, il vous est glorieux
Que le Consul se forme à l'exemple des Dieux.

CORBVLON.

Les Dieux ont des secrets mal aisez à comprendre,
L'esprit doit respecter ce qu'il ne peut entendre :
Et quelquefois ces Dieux qu'adorent nos Estas
Font ce que l'homme admire, & qu'il n'imite pas.
Mais enfin de l'amour la pressante tendresse
Ne peut iamais en vous passer que pour foiblesse,
Quoy que contre ces Rois vous ayez combatu
Vostre amour toutesfois souïlle vostre vertu :
Il semble que pour vous en soit toute la gloire,
Vous n'appliquez qu'à vous le fruit de la victoire,
Et tenez de ces Rois le sort entre les mains,
Cõmme s'ils n'estoient pas le butin des Romains :
Parce que l'interest de Perside est le vostre
Vous faites mourir l'vn & vous conseruez l'autre,
L'espoir impatient de viure sous ses loix
Met cette difference iniuste entre ces Rois,
Qui ne doiuent auoir qu'vne mesme fortune,
Et l'esperance entre eux ou la crainte commune :

Mais vous ſçauez, Seigneur, l'eſprit de nôtre Cour,
Nous penſez-vous d'humeur à ſouffrir vôtre amour?
Et ne craignez-vous point Rome ny ſa colere,
Quand vous vous promettez vne femme eſtrangere?
Vous pouuez-vous flatter de ce friuole eſpoir?
Et ne ſçauez-vous pas quel eſt nôtre pouuoir?
Non, non, pour voſtre gloire étouffez vôtre flame,
Briſez ſans differer ces chaines de vôtre ame,
De la part des Romains ie vous l'ordonne ainſi,
Ie ſuis le Souuerain, & ie commande icy:
Heluidius, ſuyez cét objet qui vous charme,
Ne regardez iamais le bras qui vous deſ-arme,
Et d'vn honteux amour comme d'vn attentat
Allez, lache Romain, rendre conte au Senat,

HELVIDIVS.

Seigneur,....

CORBVLON.

Allez-vous dis ie.

HELVIDIVS.

Vn mot, que ie m'explique

CORBVLON.

Non, mon commandemét ne veut point de replique

HELVIDIVS.

Superbes habitans! fier Senat! Peuple vain!

CORBVLON.

Silence, Heluidius, tachez d'eſtre Romain,
Faites que l'on vous conte encor entre les nôtres,
Côtétez vous d'vn crime, & n'é faites point d'autres,
Soyez pour le Senat d'vn ſentiment plus doux
Et ne m'obligez pas à le vanger de vous.
Allez, encor vn coup, i'auray ſoin de l'armée.

HELVIDIVS.

Ie ne crain rien pour moy, ny pour ma renommée,
Sans doute le Senat eſt plus iuſte que vous,
Ie vay par mes raiſons appaiſer ſon courroux. *Il ſort.*

CORBVLON.

Madame, ſon amour ne ſçauroit plus vous nuire.

ZENOBIE.

Il reſte d'acheuer la vengeance où i'aſpire,

Et que mes deux Tyrans enfin humilliez
Et meurent à mes yeux, & tombent à mes pieds,

PHRAARTE.

Seigneur, n'écoutez point cét ordre tyrannique.

PERSIDE.

Ah Seigneur !

CORBVLON.

        Sur ce point il faut que ie m'explique,
Madame, le Senat contre les attentats
De ces Roys vos Espoux vous a presté son bras,
Ce bras fait à vos pieds tomber la tyrannie,
Ce bras vous a sauué le thrône d'Armenie,
Vous a fait souueraine, & rendu noblement
L'honneur sacré du Sceptre & du commandement.
Ouy, Rome vous presta son bras & son espée,
Mais par l'euenement Rome s'est bien trompée,
Elle croyoit, Madame, en ce iuste dessein
Des-armer vôtre cœur en armant vôtre main,
D'vn peu de vanité flatter vôtre colere,
Que vous ne feriez rié quãd vous pourriez tout faire,
Et rappellant l'amour en vôtre souuenir
Que vous pardonneriez quand vous pourriez punir,
Si dans ces sentimens Rome a pû resoudre
De vous faire leur Iuge, elle a creû les absoudre,
Ie vous vois cependant faire vn dernier effort,
Et mettre votre gloire à pour-suiure leur mort,
Vous demandez du sang pour essuyer vos larmes;
Mais pourquoy faites vous cette honte à nos armes,
Qui gardans aux vaincus le respect des Autels,
A la posterité nous rendent immortels?
Ie sçay qu'au dernier point vous fûtes outragée,
Mais pleinément enfin n'estes vous pas vangée,
Quand ces Roys vos Espoux à leur femme soûmis
Perdent l'honneur du rang où l'hymen les a mis?
Quãd pouuãt vous vãger vous espargnez leur teste !
Quand vous leuez vn bras que Rome vous arreste,
Si le Consul eut sçeu sa maniere d'agir,
Son pouuoir en vos mains ne l'eut pas fait rougir,
Il vous eut expliqué ce qu'il vous en faut croire

Par le seul interest , & d'honneur , & de gloire;
Et de vôtré bonté nous serions les témoins
Si vôtre grand courage auoit crû pouuoir moins,
Obligez vous ces Roys d'vne saueur extréme,
Il leur faut vn pardon, prononcez le vous mesme,

ZENOBIE.

Moy ! de ces deux Tyrans faire la liberté ?
Est-ce là ce grand coup de vôtre authorité?
Quoy ! de mes ennemis ie seray la victime?
Et vous me laisserez entre les bras du crime ?
Ie veux par mon trépas preuenir ces malheurs,

CORBVLON.

Faites , faites saigner vôtre cœur par vos pleurs ,
Par ce secours des yeux s'attendrit la nature.
Madame, de ces Roys ne craignez plus d'iniure,
Rome vous est par moy garant de vos Espoux,
Et si Rome est pour nous qui sera contre vous?
Auecque Rhadamiste auiourd'huy reünie
Allez voir vos Sujets , passez en Armenie,
Où le penple douteux , au Thrône souuerain
Attend iusqu'à ce iour vn maistre de ma main,
Que Tyridate aussi reprenne sa couronne,
Et releuent tous deux de la main qui les donne,

PERSIDE.

Prince reconnoissons cette grace à genoux.

PHRAARTE.

Que ne vous dois-je point ?

CORBVLON.

Ah Prince ! leuez-vous!
Ce n'est pas tout, Madame, acheuons cét ouura-
ge;
Qu'vn hymen de la paix soit le fidelle gage,
Ce Prince aime Perside , accordez luy ce bien,
Faites ces Roys amis par cet heureux lien,
Et que par vos Enfans vôtre amour se rappelle,

ZENOBIE.

S'il n'auoit plus de Pere il seroit digne d'elle,
Iusques là ie n'ay point de partis differens
Et ie confons ce Prince auecque mes Tyrans,

PHRAARTE.

Souffrez que par l'hymen i'entre en voſtre alliance.

ZENOBIE.

Parlez à Corbulon, ie n'ay plus de puiſſance.

CORBVLON.

Vôtre vertu de vous attends ces grands effors;
Faites venir ces Roys.

SCENE III.

VN GARDE, CORBVLON, ZENOBIE, PHRAARTE, PERSIDE, SVITTE.

VN GARDE.

SEigneur, ces Rois ſont morts;

PHRAARTE,

Et quoy ! mon Pere eſt mort?

PERSIDE.

Dieux ! que viens-ie d'entendre;

CORBVLON.

Ces Roys morts ! & comment?

VN GARDE.

Ie m'en vay vous l'apprendre;
Ces roys perſuadez qu'eſclaues, enchainez,
Ils ſeroient dedans Rome en triomphe menez,
Et comme Heluidius luy meſme leur fit croire
Que vous eſtiez venu pour en auoir la gloire,
Penſent à s'échapper, concertent leur deſſeins:
Heluidius s'en meſle, & leur preſte la main;
Et par ſon affranchy qui fut de la partie,
L'vn des Gardes des Roys procura leur ſortie;
On en eſt auerty, tous les Gardes ſont bruit,
Et ſans perdre de temps ſur l'heure l'on les ſuit;
On les deuance, enfin au camp on les ramene;

Eux , voyans dés-ormais l'esperance vaine,
Vn poignard à la main qu'en cette extremité
D'vn de leurs diamans ils auoient acheté ,
S'en frappent l'vn & l'autre auec tant de vitesse
Qu'ils trompét tous nos soins & toute nostre adresse;
Par terre en mesme temps ils sont tombez tous deux,
Et la mort sur le champ leur a fermé les yeux.

PHRAARTE.

Qu'ay-je entendu ? bons Dieux !

PERSIDE.

O comble de miseres!

PHRAARTE.

Et bien , Madame, enfin nous n'auons plus de Perses,
Goûtez auec plaisir nôtre commun mal'heur.

ZENOBIE.

Mon cœur deuient sensible & s'ouure à la douleur;
Ma haine pour ces Roys en pitié s'est chargée,
Ils sont trop mal'heureux , & ie suis trop vangée,
Ouy, mon cœur est attaint pour ces Roys mal-
    heureux,
Et par quelques soûpirs il s'explique pour eux.

CORBVLON.

Madame par leurs mains i's ont fait leur suplice;
Ie leur eusse fait grace , ils se sont faits iustice:
Ioignez de leurs Enfans les Estats , & les cœurs,
Aussi-tost que le temps aura seiché leurs pleurs.

PHRAARTE.

De nos larmes, Princesse, allons tremper leur cendre,
C'est vn foible secours , mais qu'ils doiuent attendre.

PERSIDE.

Allons Prince.

CORBVLON.

Suiuons , & voyons en ces lieux
Dans la mort de ces Roys la iustice des Dieux,

Fin du cinquiéme & dernier Acte.

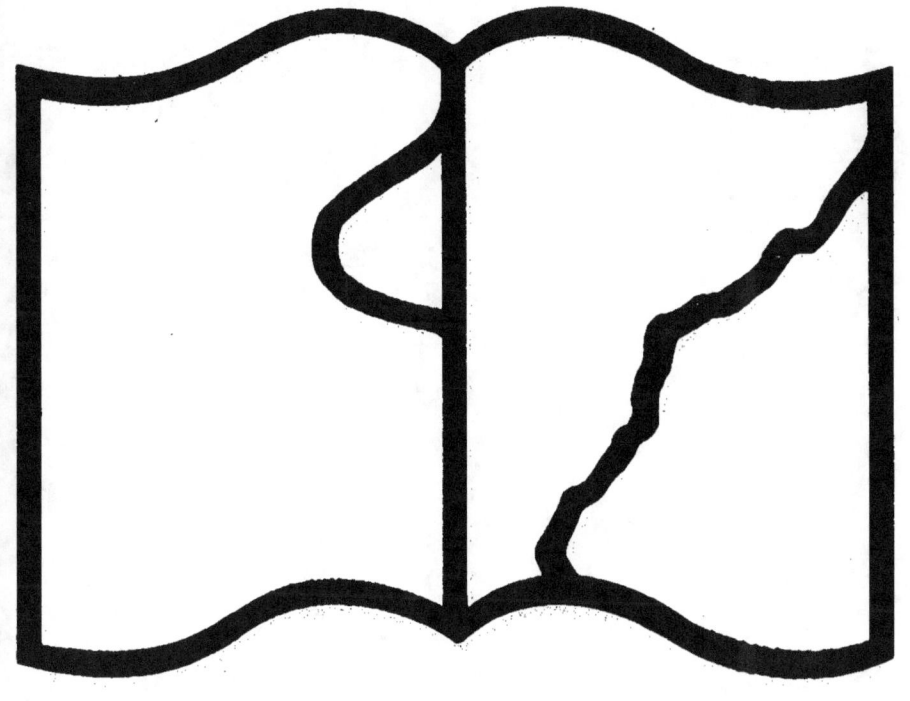

Texte détérioré — reliure défectueuse

NF Z 43-120-11